「カイム様、どうですの？
似合いますの？」
現れたティーの姿を目にして、
カイムは息を呑んだ。
赤い下着が白髪のティーに
恐ろしくマッチしていた。
柔らかそうな双丘が、
形の良いラインを描く丸い尻が、
扇情的な下着を身につけたことで
裸以上に興奮させてくる。

ティー
子供の頃からカイムに
仕えるホワイトタイガー
の獣人女性。

レンカ
ミリーシアの護衛を
務める性癖こじらせ
気味な女性剣士。
ミリーシア
ガーネット帝国
出身である何やら
訳あり貴族の少女。

「……強いな、あの女」
カイムは感心混じりの溜息をつく。
憲兵二人をあっさりと
殺傷した動きも見事だが……
カイムのわずかな闘気を感じ取って、
こちらを振り返ってきた。

毒の王 2

最強の力に覚醒した俺は美姫たちを従え、発情ハーレムの主となる

レオナールD

HJ文庫
1120

口絵・本文イラスト　をん

CONTENTS

プロローグ

「さて……それでは、今日も授業を始めようか」

正方形の部屋。教壇の上に立って口を開いたのは眼鏡をかけた黒髪の女性である。

その女性は外見こそ肌艶も良くて若々しかったが、雰囲気は妙に老成しており、一目では年齢がわからなかった。愉快そうに細められた瞳は好奇心旺盛な猫のようであり、何を考えているのかわからない、得体のしれない空気を身に纏っている。

「ファウスト……」

教壇の前に置かれた机の席についた青年が、その女性の名前を呼んだ。

紫色の髪と瞳を持った青年の名前はカイム。『拳聖』の子として生まれながら、毒の呪いを背負っていた悲劇の主人公。魔王級の怪物である『毒の女王』と融合したことで呪いを克服し、圧倒的な力を手に入れた麒麟児である。

そして、カイムの前に立っている女性の名前はファウスト。稀代の医者にして、研究者。医学と魔術の第一人者とされており、同時に破茶滅茶な研究によってたびたび世間を騒がせているマッドサイエンティストである。

「どうしてお前が……というか、またなのか？」

学校の教室のような部屋を見回し、カイムが嫌そうな表情を浮かべた。

この空間に来るのは初めてではない。以前にも一度、ここにやってきており、目の前の女性から謎の授業を受けさせられた。

ここはカイムの夢の中……ファウストの魔法によって生み出された仮想空間である。

「ひょっとして、お前は俺の頭の中を間借りしているのか？　少し前に顔を合わせたばかりなのに、日を置かずにまた出てきやがって……」

「そんなに鬱陶しそうな表情をしないでくれたまえ。私が君の夢に現れるのは、世間知らずの君を教え導いてやろうという親切心だ。患者に対するアフターサービスとでも思って欲しい。こう見えて、面倒見の良い医者として通っているんだよ……私はね」

「そうかよ……それはどうも、ありがとう。それで……そのふざけた格好は何だ？」

カイムは教壇に立っているファウストを冷めた瞳で睨みつける。

黒板を背に教鞭を持って立っているファウストであったが……その格好は明らかにおかしなものである。ファウストの肌を覆っているのは黒色の布が二枚だけ。辛うじて胸元と股下を覆っているだけの、下着同然の服だったのである。

「ああ……これは『水着』と言ってね、海や川で泳ぐときに着る服なんだ」

「水着……下着とは違うのか？」

「違うよ。布よりも透けにくくて、水を弾くように魔法でコーティングがかけられている。大陸南部ではわりとメジャーな服で帝国にだって普及している。暑い日にはこれを着て水浴びをして涼をとるのさ。ちなみに、男性は下一枚だけで胸は隠さないから、間違えないように注意したまえ」

「へえ……それはまた開放的な文化だな。楽しそうじゃないか」

「異文化交流というのは旅の醍醐味だよ。帝国よりもさらに東の国々では地の底から吹き出した熱湯に浸かるという文化があるし、北国では雪で作った家の中で黒い汁を飲むというユニークな文化もある。君が世界中を旅していれば、いずれ目にすることもあるだろう」

「それは楽しみだが……まさか、そんな話をするために夢に出てきたのか？　さすがに迷惑なのだが？」

「もちろん、違うよ。突然ではあるが……今日は君に『ガーネット帝国』という国についてレクチャーしようか」

　ファウストが頭の後ろで腕を組み、豊かな胸部を強調するようなポーズで言い放つ。

「ガーネット帝国はその名の通りの『帝国』。皇帝が絶対的な権力を持っている国だ。かつてこの地には複数の小国が乱立していた時代があった。小国の群れは時に争い、時に手を取り合い、独特の秩序を保ち続けていた。しかし……南方に棲んでいる蛮族が北征を始めたことにより状況は変わる。蛮族を退けるために小国群は力を合わせることになり、国々を束ねる強力なリーダーが誕生した……それが『皇帝』だ」

解説をしながら、ファウストが今度は上半身を前屈みにさせた。机を挟んだカイムに胸の谷間を見せつけるようにする。

「皇帝を中心にして小国群は一つに纏まり、蛮族の侵略を退けた。それどころか、逆に彼らの土地に逆侵攻をして領土を大きく拡大させた。それまで不干渉だった周辺諸国までもを併呑し、大陸屈指の大国となった。『ガーネット』という国名は初代皇帝が愛し、そして蛮族との戦いの中で喪った妃の名前から取っているそうだ」

「………………」

「かくして、ガーネット帝国は随一の国力を持った強国として覇権を握り、周辺の国々に睨みを利かせている。今の皇帝は穏健な人物のため大きな戦は何年も起こっていないが、帝国の有力者の中には今でも『大陸統一』なんて夢物語を掲げている者がいるそうだよ」

「へえ……それはためになる話だった。面白い授業だったよ」

カイムは「フー」と長く息をついてから、ずっと指摘したかったことをようやく口にする。

「それで……さっきから何をおかしなポーズを取っているんだ？　いちいち胸やら尻やら見せつけてきて、わざとやっているよな？」

「ん？　これかい？」

カイムの指摘を受けたファウストが不思議そうな顔をした。今も教壇の上に座り、両脚を開いて股間を見せつけるようにしている。

「いや、君の周りに随分と女性が増えてきたようだからね……せっかくだから、私もサービスの一つでもしてあげようと思ったのさ」

「……完全に余計なお世話極まりないぞ。正直、見ていて腹が立ってきた」

ファウストは『毒の女王』の呪いを克服するきっかけになった恩人だが、呪いを押しつけた加害者でもあった。今さら恨んではいないのだが、露骨に揶揄われると苛々してくる。

「私の悩殺ポーズはお気に召さなかったかね？　残念だよ、こう見えても身体つきには自信があったのだけど……」

「美人だとは思うが、生憎と女には飢えていない」

「可愛い恋人が三人もいるんだろう？　ハハッ、大したものじゃないか。旅立ってから一ヵ月と経っていないというのにね」

恋人の数まで把握されていた。この夢は事前にファウストがカイムの脳に仕込んだ魔法であると話していたが……こうして現状を知られているところを見ると、本当に監視されているのではないかと怪しくなってくる。

「心配しなくて良い。私もこう見えて忙しくてね。観察対象も大勢いることだし……君だけを見つめている暇はないいんだ」

「本当か？　嘘だったら、次に会ったときに毒ブチ込むぞ」

「本当だとも。ともあれ……武力と戦争から生まれた帝国は、良くも悪くも実力主義だ。相応の実力があれば平民でも貴族に成り上がることができるし、『強いから』という理由で犯罪者が財や権力を握ることもある。君には合っている土地だと思うが……気をつけたまえ」

ファウストが唇の前で人差し指を立て、悪戯っぽく微笑んだ。

「君の力を知れば、必ず多くの人間が動き出すだろう。君を利用するため、邪魔者として消すため、君の子種を手に入れようとする者だっているかもしれないな」

「子種って……」

「現実に、帝国の女が今まさに君を求めているようだよ。ほら……現実に帰りなさい。可愛い恋人が待ちかねている」

意識が遠ざかり、水に波紋が生じたようにファウストの姿が消えていく。

ああ、目覚めるのか……そう思った次の瞬間(しゅんかん)、視界に眩(まばゆ)いばかりの光が満ちていった。

第一章 帝国への船旅

目覚めると……眼前には見知らぬ天井があった。

昨晩まで宿泊していた宿屋の天井ではない。明らかに別の場所である。

「あ……カイムさん、起きたんですね？」

「…………？」

下の方から、自分を呼ぶ声が聞こえてきた。視線を下ろすと、そこには金髪青目の美少女が上目遣いでこちらを見つめている。

「ミリーシア……？」

カイムがその少女の名前を呼んだ。

彼女の名前はミリーシア。カイム達が目指しているガーネット帝国出身の令嬢であり、数日前にカイムと身体を重ねて恋人になった女性である。

「なかなか目を覚ましませんでしたけど、お疲れだったんですね？」

「ああ……まあ、昨晩もたくさん運動をして眠れなかったからな……」

カイムはゆっくりと周りを見て、自分が置かれている状況を把握する。

「そうか……ここは船の中だったな」

ここは帝国に向かう連絡船……その内部にある船室の一つである。

カイム達はジェイド王国を出て、ガーネット帝国に向かっていた。

王国と帝国はフルーメン大河が国境となって隔てられており、両国の港町から船で行き来することができる。この船は王国側の港である『オターリャ』から、帝国側の港である『フォーレ』に向かう定期船だった。

(そうか……俺は出港までの間、眠くなって寝ちまったんだな?)

事前に購入しておいたチケットで船に乗り込んだものの、出港の時間まではかなり時間があった。帝国行きの船が出るのは日に一本。多くの乗客が乗り込み、荷物なども運び入れなければいけない。

そこで、時間を持て余したカイムは出港までの空き時間を船室のベッドで寝て過ごすことにしたのだ。

(昨夜はほとんど寝かせてくれなかったからな……流石に限界だ)

カイムにはミリーシアを含めて三人の恋人がいる。彼女達が競うようにして襲いかかってきたため、すっかり寝不足になってしまったのである。

「おかげで変な夢を見たよ……ところで、ミリーシア。お前は何をやっているんだ？」

カイムは自分の足に……さらに言えば、股間に顔を突っ込んでいるミリーシアに訊ねた。

ミリーシアはベッドに横たわったカイムのズボンと下着を脱がせており、両脚の付け根に顔を押し込んでゴソゴソと何かをしていた。

ミリーシアの頰は妖しく紅潮しており、瞳は潤み、発情したように淫靡な顔つきになっている。ただ着替えさせていただけということはあるまい。

「すみません。もう船が出航するので起こそうとしたんですが……なかなか起きなくて」

「起きなかったら、お前は男の股間に顔を突っ込むのか？」

「起きないのでしたら、せめてご奉仕をと思いまして……ペロッ」

「クッ……!?」

舌先で敏感な部分を刺激され、カイムが肩を震わせた。

「ウフフッ……最初はグロテスクで怖かったですけど、慣れると可愛く見えてくるから不思議なものです。これが女になるということでしょうか？」

「か、可愛いというのは男に対する誉め言葉ではないな……」

「そうなんですか？　ピクピクと動いて、こんなに愛らしいのに……」

「うっ……」

ミリーシアが男性の象徴である『剣』に触れて、輪郭をゆっくりと扱き出した。壊れ物でも扱うような繊細な手つきで根元から先端までをゆっくりと撫でて、愛おしそうに頬ずりまでしてくる。

「お、起きる、もう起きるからやめろ……！」

「ダメですよ。せっかく二人に勝って譲ってもらったのに……今さらお預けなんてできるわけがありませんもの」

「二人に勝った……そういえば、ティーとレンカは……？」

客室の中はカイムとミリーシアが二人きりになっている。同行者であるティーとレンカの姿がなかった。

「誰がカイムさんにご奉仕をするか……じゃなくて、カイムさんを起こすかをジャンケンで決めたのです。大勝利です」

ミリーシアが『剣』に頬ずりしながら得意げな表情をして、ピースサインをしてくる。

「二人は先に船のデッキに行っています。私達も、楽しんでから行きましょう？」

「ッ……！」

「ペチョ……レロレロッ……」

ミリーシアが本格的に攻撃を仕掛けてきた。

ブラウスと下着をはだけて形の良い乳房を露出させ、カイムの『剣』を双丘で包み込む。胸を使って固定した『剣』に猫のように小さな舌を伸ばして、全体にまんべんなく唾液を塗りつけていく。

処女を卒業したばかりなミリーシアの舌遣いは不慣れなものである。しかし、同じく童貞を卒業したばかりのカイムにそんなことはわかるわけがない。

むしろ、たどたどしくも一生懸命にカイムに奉仕をするミリーシアに愛おしさすら湧いてくる。

「う、お……ミリーシア……！」

「ああ……凄いです……私、カイムさんのモノにこんなことを……気持ち、いいですか？　私の舌で……気持ち良くなってくれますか……？」

「良い、気持ち良いぞ……ミリーシア……」

ミリーシアが引かないのを見て、カイムもいよいよ腹をくくった。ミリーシアに『剣』を舐められながら上半身を起こし、金色の髪を両手で優しく撫でる。

「はふ……いいです……頭、撫でられるのすき……」

ミリーシアは花がほころぶように蕩けた笑みを浮かべ、撫でてくれた御礼だとばかりに舌の動きを速くさせる。キャンディーでも舐めるように『剣』を美味しそうにねぶり回し、反り返ったカリを舌先で丁寧になぞっていく。

「ちゅぴっ……ちゅく、レロレロ……んちゅっ、ペロペロ……」

「グウッ……⁉」

「ングッ……ズズズズッ……」

柔らかな口唇が『剣』を咥えて思い切り吸い上げる。

普段は上品に澄ました顔が完全に蕩けた牝の顔になっており、下品な音を立てながら愛する男の分身をこれでもかと吸う。

「クッ……そんなに吸われたら……もうダメだ……！」

「んふあっ……！」

やがて快楽が臨界点を超える。ミリーシアはカイムの欲望をうっとりとした顔で受け止めた。

「すごい匂い……素敵です、カイムさん……」

「……ああ、お前も良かったぞ。とんでもなくな」

身分ある家に生まれたであろう清楚な令嬢が、まさか数日でここまで仕上がるとは思わなかった。

心地好い脱力感に包まれる中、カイムは一人の令嬢を自分の色に染めてしまった罪悪感と達成感を同時に味わう。

「さて……やることもやったことだし、そろそろティーとレンカを追いかけて……」

「まだです。待ってください」

ズボンと下着を穿き直そうとするカイムであったが、ミリーシアに手を掴まれた。

「カイムさんはスッキリしたかもしれませんけど……私はますますエッチな気持ちになっちゃいました……」

ミリーシアがベッドの上に膝立ちになり、スカートをつまんで持ち上げる。

ミリーシアはスカートの下に何も着けていなかった。剥き出しになった股間からトロトロと蜜が流れ落ち、白い太腿を伝っていく。

「今度はこっちを慰めてください……」

「………ああ、そうかよ」

カイムは諦観を込めてつぶやき、今さらながらに思い出す。

『毒の女王』の力を取り込んだことでカイムは『毒の王』になった。

カイムの体液は全て毒薬であり、相性の良い女性に対しては発情を促すフェロモンにもなるのだ。

カイムの『剣』から分泌された液体を……媚薬を口にして、ミリーシアがそれで終われるわけがない。先ほど以上に淫靡な表情を浮かべて、舌なめずりをしている。

「……俺は寝不足でしんどいから、そっちが動いてくれ」

「わかりました……それでは、失礼いたします」

ミリーシアはスカートを捲り上げたまま、カイムの下腹部にゆっくりと腰を下ろした。

○　○　○

一匹の牝獣をベッドに沈めて、カイムは客室から出て船のデッキへと向かった。

少し仮眠をとって休むつもりが思わぬ運動になってしまった。首を振って疲労を振り落とし、太陽の下に顔を出す。

「がうっ！　カイム様が来ましたの！」

「……遅かったな。随分と長かったではないか」

デッキに上がってきたカイムに気がつき、二人の女性が歩み寄ってくる。

一方はメイド服を着た銀髪の女性である。頭部には三角の獣耳を生やしており、スカートの裾からは白黒の帯で彩られた尻尾が出ていた。

『虎人族』……その中でも特に数が少ないホワイトタイガーの獣人。カイムにとっては幼い頃から自分の面倒を看てくれたメイドのティーである。

「待たせたな、お前ら」

「本当に待ちましたわ！　もう……ミリーシアさんってば、こんなに長くカイム様を独占するだなんてズルいですの！　あの時、ティーがグーを出していたら……！」

ティーは悔しそうに親指を噛んで、デッキの床にバンバンと尻尾を叩きつけた。

「勝負に負けたのだから仕方がないだろう……それよりも、カイム殿。お嬢様はどうされたのだ。姿が見えないようだが……？」

もう一方の女性がカイムの後ろを覗き込んで訊ねてくる。

鮮やかな赤髪をショートカットにしており、腰のベルトに剣を下げた彼女の名前はレンカ。ミリーシアに仕えている女騎士だった。

このタイプの違う二人の美女……ティーとレンカもまた旅の同行者であり、カイムと肉体関係を持った恋人でもある。

「ミリーシアだったら客室で寝ているよ。どうやら、すっかり果ててしまったようだな」

カイムがどこか羨ましそうに言う。

口淫から本番までしっかりとこなした結果、ミリーシアは体力を使い切って眠ってしまった。正直、カイムも隣に並んで眠りたい気分だったのだが……先にデッキに出ている二人を放置していたら、彼女達まで自分を起こしにやってきかねない。

そのまま、なし崩しに四人ですることになったら体力が持たない。疲労した身体に鞭を打って、ここまで這い出てきたのである。

「そうか……せっかく天気が良くて海が綺麗に見えるのに、惜しいことをしてしまったな」

レンカが船の外に視線を向けて、残念そうに肩を落とす。

カイム達が遊んでいるうちに、すでに荷を積み終えた船は出港してしまっていた。

大型船が、水を切って進んでいく。空から降りそそぐ陽光が水しぶきに反射してキラキラと輝き、まるで宝石のようである。

「凄いな……これが本当に川なのか？」

改めて思うが……とてつもなく大きな河川である。

フルーメン大河は二つの国を分ける国境であり、大陸有数の運河でもあった。ハルスベルク伯爵領という小さな檻の中で生まれ育ったカイムにとって、その景色は幻想の中のように凄まじいものである。

「なあ、レンカ。実はこれが噂の『海』ってやつじゃないのか？　俺を騙してないよな？」

「違う。言っておくが、海の大きさはこんなちっぽけじゃないぞ。もっともっと、とんでもなく大きくて対岸が見えないほどだ」

「マジか……広いな、世界」

カイムは船のデッキから外に身を乗り出し、改めて世界の広大さを痛感した。

彼らが乗っている船は二百人以上が余裕で乗ることができるサイズである。舳先には竜の頭を象った船首像がつけられており、船のあちこちに下品にならない程度に装飾が施されていた。

デッキには風を受けるマストや帆はついていない。どうやら、船体の下部分に魔道具がつけられており、組み込んだ魔石の魔力によって船を進める構造になっているらしい。

カイムも船を見たことはあるのだが……せいぜい川や湖で魚を獲るための小型船くらいのもの。これほどのサイズの船を目にするのは生まれて初めての経験だった。

船から見える景色に夢中になっているカイムに、「やれやれ」と子供でも見るような目をしたレンカが後ろから説明をする。

「この船は二隻ある定期船の一つで『ポリュデウケス号』だ。姉妹船である『カストール号』と合わせて一隻ずつ大河を挟んだ二つの町の領主が所有している。他にも小型の船が行き来してはいるのだが……大河には水棲の魔物もいるから、これくらい大きな船でないと安全性に不安があるんだ」

「確かに水上で襲われるのは脅威だな。船に穴を開けられちゃ敵わない」

「船底に魔物避けの魔法がかけられているから心配はいらないな。この大河には海賊なども出ないし……あと三時間もすれば何事もなく対岸にたどり着くだろう」

「へえ……それじゃあ、到着までの間、初めての船旅を楽しませてもらおうか。何か飲み物とか売ってないかな？」

「あ、あちらに果実水を売っていましたわ。ティーが買ってきますの」

ティーがメイド服の裾をパタパタと上下させて、飲み物を購入して戻ってくる。ガラス製の容器に入れられた黄色の液体をカイムに差し出した。

「レモネの実を搾って砂糖を入れたものだそうです。どうぞ召し上がれ」

「ん、悪いな」

カイムは容器を受けとり、果実水を口に流し込む。口内に酸味と甘みが同時に広がり、芳醇な果実の風味が遅れてやってくる。

「うん、いけるな」

「美味しいですの。新鮮ピチピチですの」

果実水は魔法でも使っているのかキンキンに冷えている。激しい運動をしたばかりで汗もかいていたため、まさに生き返るような爽快さだった。

「私もお嬢様に果実水を届けてこよう。それじゃあ、また後でな」

レンカがミリーシアの分の飲み物を片手に、階段を下りて船室に戻っていく。

船のデッキにはカイムとティーが残された。二人は果実水を口にしながら、のんびりと景色を楽しむ。

「………」

カイムとティーの間に特に会話はなかったが……十年来の付き合いである。今さら気まずさは感じなかった。

頭上に広がる空は青く澄んでおり、まぶしいばかりに太陽の光が降りそそいでいる。視線を下ろせば、空に負けないくらい青々とした大河が広がっており、遠くで水鳥が魚を獲っているのが見えた。

美しい景色である。ティーと一緒に旅をして、こんなに綺麗な風景を共に見られるだなんて、ほんの少し前には夢にも思っていなかった。

「カイム様……」

ティーが愛おしそうにカイムの名を呼んで、そっと隣に寄り添う。

『毒の女王』と融合する前のカイムはティーよりも頭一つ分以上は小柄だったが、今は追い抜いている。自分よりも長身になったカイムの肩に頭を乗せて、ティーは甘えるようにゴロゴロと喉を鳴らす。

「まったく……虎というよりも人懐っこい猫だな」

カイムは呆れながらも、ティーを拒むことはしない。可愛らしい獣人メイドに望まれるがまま、顎の下を手でくすぐってやる。

「おい、アレを見ろ！　何かこっちに来るぞ！」

「空賊だ！　空賊が出やがった！」

しかし、そんな二人に水を差すように船員が上方を指差して騒ぎ出した。

カイムが顔を顰めながら、船員の指が示す方向を見上げると……空にいくつもの黒い影が浮かんでいて船めがけて接近してくる。

「アレは……人間なのか？」

魔力で視覚を強化すると、それが人間によく似た何かであるとわかった。

人間とよく似たフォルム。胴体があり、両手両足があって、手には皆、武器のような物を把持している。

ただし……人間でありえないのは、その背中から鳥の翼が生えていること。

「あれは鳥人ですわ、カイム様！　鳥の獣人ですの！」

ティーがカイムの腕を引いて叫んだ。

鳥人……言われて見ると、彼らの頭部は羽毛で覆われており、口唇があるべき場所には鳥の嘴が付いていた。

猛スピードでやってきた大勢の鳥人が船の周囲を取り囲み、四方から敵意と武器を向けてくる。

慌てた様子で定期船が停止して、船のデッキにいた大勢の乗客が混乱のざわつきを生じさせた。

「おいおい……これって、もしかして襲われているのか？」

もしかしなくとも、そうなのだろう。

この船は襲撃を受けている。翼で河を越えてやってきた空飛ぶ賊……『空賊』によって。

「この河では海賊の類は出ないんじゃなかったのか？　話が違うぞ」

「がう……海賊は出ないけど、空賊は出るということでしょうか……」

「言葉遊びじゃあるまいし、そんな馬鹿なことがあるかよ」

武装した鳥人を見上げて、カイムが疑わしげにつぶやいた。

そうしているうちにもデッキのざわめきは大きくなっていき、船内から慌てたように船員が上がってくる。

「な……どうして鳥人の空賊がこんなところに……！」

「ありえねえ！　奴らの縄張りはもっと南の海の方じゃなかったのかよ！」

「蛮族どもめ……まさか、海から河を上ってやってきたのか⁉」

　空賊を目の当たりにした船の乗組員が騒然としていた。やはり、これは日頃から船に乗っている彼らにとっても異常事態のようである。

「滅多に出ないはずの空賊の襲撃にたまたま出くわしちまったわけか……ツイてない話だな。ひょっとして、俺達の中に災難を招き寄せるトラブルメーカーでも乗っているんじゃないか？」

「十中八九、カイム様ですの」

「そんな気がしてたけどな！」

　自分で言って落ち込むカイムに、ティーが背中を痛ましげに撫でながら訊ねる。

「そんなことよりも……どうしますの、カイム様。アレと戦いますの？」

「俺はそれでも構わないが……しばらくは様子を見たほうが良いだろ。不用意に手を出したら、かえって船を破壊されちまうかもしれないからな」

　カイムは頭を振って答えた。

　鳥人の空賊の人数は二十人ほど。空を飛んでいるのは厄介だったが、カイムであれば倒すのは難しくない人数である。

　しかし、船や乗員を守り切れるかと聞かれたら話は別だ。鳥人が空から弓矢や魔法を撃ち込んできた場合、下手をすれば船そのものを沈められかねない。

「がう……カイム様の考えで正解だと思いますわ。空賊が問答無用で攻撃してこなかったということは、交渉の余地があるということですの。交渉次第では金品を渡すだけで見逃してもらえるかもしれませんわ」

「……このまま手を出さずに様子を見るか。アッチがちょっかいをかけてきたら、穏便に済ませる保証はできないけどな」

　カイムとティーが警戒しながら様子を窺っていると、船の操縦席から年配の船乗りが現れた。船長らしきその男は白いハンカチをパタパタと振りながら、頭上に向かって大きく声を張り上げる。

「こちらに戦う意思はない！　金は支払うから客と船員を傷つけないでくれ！」

　どうやら、無抵抗で降伏することを選んだらしい。賢明な判断である。

「金だけじゃない。船の積み荷も頂くが文句はねえな⁉」

　一方的に要求しながら、空を飛んでいた空賊の一人がデッキまで下りてくる。

　どうやら、交渉役のようだ。鷹の頭をした鳥人が槍を持ったまま、船長の前に着地した。

「積み荷は……乗客から預かっているものだ。私の一存では……」

「別に殺して奪ってもいいんだぞ？　どっちにしても手間は変わらねえからよ！」

鷹鳥人が馬鹿にするような口調で言うと、空を飛んでいる他の鳥人もゲラゲラと醜悪に笑った。

この大河には海賊らしい海賊も出ないため、この船には護衛となる戦力がほとんど乗っていない。空賊からしてみれば、乗員・乗客を皆殺しにして積み荷を奪うのもさほど手間にはならないのだろう。

（時間が経てば異常に気がつき、沿岸から憲兵が駆けつけてくるかもしれないが……さて、いつになることやら）

ここは大河のちょうど真ん中。憲兵が船で駆けつけてくるとしても時間がかかるはず。もちろん、空賊だってそれまで待ってはくれないだろう。

「クッ…………わかった。持っていけ」

船長が悔しそうに表情を歪め、積み荷を明け渡すことを了承する。

人命を最優先させた判断。どうやら、この船の船長は善良な人間のようだった。

「待て待て！　そんな勝手は許さんぞ！」

しかし……せっかくまとまりかけた交渉に横槍を入れる人間が現れた。

船長と空賊の会話に割って入ってきたのは、いかにも高級そうなスーツを身に着けた中年男性である。見事に禿げ上がった頭を脂汗でテカテカと光らせており、のっしのっしと贅肉でたるんだ身体を揺らして船長に詰め寄った。

「この船はワシの財産も運んでいるのだぞ⁉　下賤な鳥頭共に恵んでやるものなどあるものか！　命令だ、空賊の要求などに従わず徹底抗戦しろ！」

「おいおい……馬鹿なのか、あの男は」

少し離れた場所で様子を窺っていたカイムが呆れ返る。

この状況で……すぐ目の前に空賊がいるというのに、あまりにも無謀な発言である。毛根と一緒に理性まで死滅しているとしか思えない。

察するに、どこぞの富豪か貴族なのだろうが……明らかに状況判断ができていない様子である。この場で空賊に逆らって良いことなどあるわけがない。

ましてや……武器を向けてくる鳥人を「下賤な鳥頭」呼ばわりするなど、正気の沙汰とは思えなかった。

「殺されるぞ、アイツ……俺の知ったことじゃないが」

カイムの予想通り、鳥人の空賊は明らかに気分を害したらしい。鳥の顔にどんな感情が浮かんでいるかはわからないが……殺気立った空気が伝わってくる。

空賊の怒気を感じ取ったのか、慌てた船長が両手を広げて中年男性の前に立ちふさがる。

「ちょ……お客さん！　話し合いの邪魔をしないでくれよ！　せっかく穏便に済みそうな

んだから引っ込んでてくれ！」

「ええいっ、平民の船員ごときがワシに偉そうに指図するな！　船の責任者ならば命がけでワシの財産を守らんか！」

「そんな無茶な……この船には荷物番程度の戦力しか乗ってないんだよ！　長らく、この河には賊なんて出なかったんだから！」

「そんなことワシが知ったことか！　船乗りだったら、この程度のアクシデントに臆することなく立ち向かわんか！」

　船長と中年男性が言い争いを始めた。

　船のデッキに白けた空気が広がっていく。遠巻きに様子を見ている船員も乗客も、空を飛んでいる鳥人の空賊すらも、「そんなことしてる場合かよ」と呆気に取られている。

「あ……キャプテン、不味いぜ！」

　無駄な口論をしていると……空賊の一人が遠くを指差して叫ぶ。

「憲兵だ！　漁師どもの船を借りて、こっちに向かってきてるぞ！」

　見れば、大河の西側――オターリャの港から数隻の船が出ている。船には憲兵らしき兵士が乗っていて、こちらの異変に気がついたようだ。

「チッ……予想以上に動きが速いな。もう少し時間があると思ったんだが。しょうがねえ……積み荷は諦めろ！　目につく金目の物を奪うだけ奪ってさっさと引き上げるぞ！　依頼された通り、船に火をかけるのも忘れるな！」

「なっ……話が違うぞ⁉　どうして船を焼くだなんて……！」

船長が慌てて言い募るが……鷹鳥人が槍を振って、柄の部分で船長を殴りつける。

「グワッ⁉」

「うるせえっ！　クソが……簡単で儲かる仕事だと思ったのに、こんなに速く兵士が駆けつけるとか聞いてねえぞ！　誰だよ、この港の連中は平和ボケしているから楽勝だとか言った奴は！」

「き、貴様、この船にはワシの財産が……ワシは帝国貴族で、こんなことをしてタダで済むと……ギャッ⁉」

「知るか！　テメエが騒ぐせいで時間を無駄にしたんだろうが！　豚はさっさと死にやがれ！」

鷹鳥人が槍の穂先で中年男性を斬りつける。胴体からパッと赤い血が舞い、でっぷりと肥えた巨体が船のデッキに倒れた。

「金目の物を奪え、それから女もだ！　高く売れそうな若い女を攫っていくぞ！」

鷹鳥人が船のデッキを見回して、カイム達に目を留める。厳密にいうのであれば、カイムの傍らにいるティーを凝視する。

「ほお……そこの銀髪の獣人、なかなか高く売れそうじゃねえか！　よし、まずはそいつを……」

「馬鹿が。命がいらないようだな」

「グッ……!?」

紫毒魔法──【飛毒】

カイムが指先から撃ち放った毒の弾丸が鷹鳥人の顔面に命中した。

鷹鳥人は何度か翼をはためかせたが、そのままデッキから転がり落ちて海に落下する。

「ティーを攫うだって？　舐めたことをぬかしてくれるじゃねえか」

鷹鳥人を瞬殺したカイムは忌々しげにつぶやいて前に出る。

「お前達がどこで誰を殺し、何を奪おうと知ったことじゃないが……俺の女に手を出されるのは不愉快だ！　全員、殺してやるからかかって来い。河に撒いて魚の餌にしてやるよ！」

カイムは頭上を飛んでいる鳥人の空賊に向かって、挑発するように言い放つ。

「何だ、テメエは！」

「よくも仲間をやってくれたな!?」

仲間を殺された鳥人が怒り狂い、カイムに向かって武器を向けた。

鳥人の一人が放った弓矢がカイムの肩に命中する。しかし、確かに命中したはずの弓矢は矢じりが肌に刺さることなくポトリと落ちた。

圧縮魔力の鎧を纏ったカイムの前では、マジックアイテムでもないただの弓矢など子供の玩具のようなものである。

「そんな攻撃で殺られるほど柔な身体じゃないんだよ……下がっていろ、すぐに終わらせてやる」

「…………！」

最後の言葉は空賊と交渉していた船長に向けられたものである。船長がカイムの意を酌んで、奥の船室に引っ込んでいく。

「カイム様、助太刀しますわ！」

他の乗客や船員が逃げまどって隠れる中で、ティーが元気良く手を上げた。

「おいおい……無理はするなよ？」

「ハイですの！　足手纏いにはなりませんから安心してください！」

ティーがスカートの中から三節棍を取り出しながら、力強く断言する。

ティーであれば、自分で自分の身を守ることくらいはできるだろう。戦闘民族である

『虎人』の力は伊達ではあるまい。

「それじゃあ、デッキに下りてきた奴を任せた。残らず頭を叩き割ってやれ」

「空を飛んでいる奴らはどうしますの？　上から攻撃されたら防戦一方ですの」

「飛んでいる連中は………俺が殺る」

今度は槍が投げつけられてきた。カイムは手刀で飛んできた槍を叩き落し、そのままデッキを蹴って大きく跳躍する。

圧縮魔力によって強化された身体能力は常人を遥かに凌いでいるものの、流石に空を飛んでいる鳥人の空賊までは届かない。

「闘鬼神流――【朱雀】！」

しかし……宙に飛び上がったカイムが、空中を足場にしてさらに高々と天を舞う。

そのまま槍を投げつけてきた鳥人めがけて突っ込んでいき、顔面に拳を叩きつけた。

「グハアッ⁉」

「なっ……人間の分際で空を飛んでやがる⁉」

「馬鹿な！　空は我ら鳥人の領域だぞ⁉」

鳥人の空賊が驚愕に叫ぶ。

カイムは牙を剥いて凶暴な肉食獣のように笑い、再び空中を蹴った。

「飛んでいるわけじゃない。大気を蹴り、空を駆けているだけだ！」

闘鬼神流・基本の型――【朱雀】

闘鬼神流によって生み出された圧縮魔力は物質的な性質を持つ。拳や足に纏えば武器として、胴や腕に纏えば防具として使うことができる。

【朱雀】は物質化させた圧縮魔力を留めることによって何もない空中に足場を作り、宙を自在に移動することができる技だった。

「魔力による武闘術を極めた闘鬼神流に隙はない。たとえ相手が天空の支配者である竜であったとしても、この拳で叩き落としてやるさ！」

「ガハアッ⁉」

今度はカラスと思われる黒羽の鳥人の胴体を殴りつけ、海へと墜落させた。

空賊が一斉に槍や剣、弓で攻撃を仕掛けてくる。しかし、空を走るカイムを捉えることは敵わない。カイムは次々と浴びせられる攻撃を上下左右に立体移動して避けながら、どんどん鳥人を叩き落としていく。

「ガウッ！　沈むですの！」

「グッ……⁉」

一方、船のデッキでも戦いが起こっていた。略奪を働こうと船に降りた鳥人をティーが三節棍で撃退している。

鳥人は素早くて捉えがたい存在であったが、それはあくまでも空中戦の話。船のデッキに降りてきたらタダの人間と変わらない。虎人であるティーの敵ではなかった。

「空ならまだしも地上では負けませんわ！　虎を舐めるんじゃねえですの！」

「よし……俺達も行くぞ！　そこの嬢ちゃんに続け、船を守れ！」

船室に逃げたはずの船長が戻ってきて、部下の船員に向けて声を張り上げた。その手にはどこから持ってきたのか太い角材が握られている。逃げ出したのではなく、武器になる物を探しに行っていただけのようだ。

「おおっ！　やってやる！」

「俺達の船を襲ったことを後悔しやがれ！」

「海の男の力を見せてやるぞ！」

「ここは河だけどな！」

船員達が口々に叫んで、ナイフやモップの柄など手近な武器を掴んで空賊に応戦する。

最初こそ戦わずに降参しようとしていた船乗りだったが……空賊が「船に火をかける」と実質的な皆殺し発言をしたこと、カイムやティーが鳥人を次々と撃破したことで、ようやく戦う覚悟を決めたようだ。

「戦闘の流れが変わった……どうやら、勝敗は決したらしい。いずれ憲兵の船もたどり着くだろうし、こっちの勝利だ」

「クウッ……陸の人間ごときに負けるだなんて！　まさか、ここまでやられるとは……！」

鳥人の一人が悔しそうに呻き、上下の嘴を合わせてカチカチと鳴らす。

最初こそ二十人以上もいた鳥人であったが、すでに半分以下になっていた。カイムに落とされた者もいれば、略奪しようとしてティーや船員に撃退された者もいる。

「撤退だ！　だが……その前に依頼だけは果たさせてもらう！　燃え盛れ……【豪火球】！」

「なっ……！」

鳥人の一人……極彩色の羽を生やした男が懐から取り出したのは羊皮紙の巻物。『マジックスクロール』と呼ばれるアイテムだった。

マジックスクロールには魔法の呪文や刻印が記されており、使い捨てではあるものの、魔法使い以外の人間でも一時的に魔法を使えるようになるのだ。

極彩色の鳥人の眼前に巨大な火球が出現した。火球はまっすぐに船の先端に着弾して、火柱を上げて爆発する。

「【豪火球】！」

「燃えろ！　全部、燃えちまえ！　仲間の仇討ちだ！」

生き残っていた鳥人が次々とスクロールを使い、船を攻撃してきた。

「チッ……仕留めきれないか！　船が焼かれる！」

カイムは手近な鳥人からスクロールを取り上げて海に落とすが、全員を止めることまではできなかった。一人か二人であれば魔法を撃つまでに仕留めることができるのだが……数が多すぎて即座に対処することはできない。

発動した炎の魔法の一発が、船のデッキにいるティーにまで向かっていく。

「やらせるかよ！」

カイムは敵の撃墜を後回しにして、仲間を守ることを優先させた。

「闘鬼神流――【鳳凰】！」

発動させたのは【朱雀】と対になる技。闘鬼神流におけるもう一つの空中戦闘術【鳳凰】である。

カイムの姿がパッと消えたかと思ったら、次の瞬間にはティーに迫りくる火球の進行方向上に出現した。

「カイム様ッ⁉」

「ハアッ！」

カイムの右手が唸った。圧縮魔力を纏った右手が迫りくる火球を弾き飛ばし、強引に軌道を捻じ曲げる。標的から逸れて海に着弾した火球が大きな水柱を生じさせた。

「無事で良かった、間に合ったようだな」

【朱雀】が空中に足場を使って縦横無尽に動き回る技であるのに対して、【鳳凰】は瞬間的に大量の魔力を放出して高速移動する移動術だった。連続して発動することができず、直線的な動きしかできないものの、その速度は消えたとしか思えないものである。

「カイム様、大丈夫ですの⁉　今、手で炎を……」

「問題ない。この程度は軽い火傷だ。ツバでも塗っておけばすぐに治る」

火球を弾き飛ばしたカイムの右腕は赤くなっていたものの、大きな怪我はない。圧縮魔力を纏っていなければこうはいかなかっただろうが。

「だが……これは不味いな。何発か喰らってしまったみたいだ」

「早く火を消せ！　燃え広がるぞ！」

炎の魔法を撃ちこまれて船のあちこちが燃えている。船員が慌てて消火に当たっているが……長くはもたないだろう。

「よし、いいぞ！　このまま引き上げる！」

「ざまあみやがれ！　沈んじまえよ！」

燃やすだけ燃やして、生き残っていた数人の鳥人が河下の方角に飛んでいこうとする。

カイムは逃げ去る空賊を睨みつけ……奥歯を噛みしめて唸った。

「……ここまで好き勝手にされて逃がすと思っているのか？　一人たりとも生かしては帰さねえよ」

カイムは体内の魔力を練り上げて、今度は身体に纏うのではなく別の形で発動させる。

「紫毒魔法――【毒蜂】！」

カイムの右手に紫色の魔力が凝縮していく。高密度に凝り固まった魔力が弾かれたように飛び出して、人間の頭部と同程度の大きさの砲弾として放たれた。

打ち出された一撃が逃げ去る鳥人に向かっていくが……命中することなく、彼らの間を通り抜ける。

「ああっ！　外れましたわ！」

ティーが落胆の声を上げる。

狙いを外した……そう思われた魔法の砲弾であったが、本当の攻撃はここからだった。

「弾けろ」

カイムがパチリと指を鳴らすと魔力の砲弾が爆裂した。一塊の魔力が数十、数百の弾丸に変わって、四方八方に飛び散った。

「ぐわあああああああああっ!?」

「ぎゃああああああああああああっ!!」

逃げようとしていた鳥人が散弾によって射貫かれた。その光景は、まるで不用意に突いた蜂の巣から大量の毒蜂が飛び出してきたようである。

弾丸に翼や胴体を射貫かれた鳥人が次々と墜落していく。致命傷を免れた鳥人も飛び続けることができず、すぐに海に落下した。

『毒の王』であるカイムの魔力は強力な毒薬であり、体内にわずかでも入ってしまえば身体を麻痺と苦痛が襲って動けなくなるのだ。

「すごいですわ！　アレがカイム様の魔法……強くて凄くて、素晴らしいですわ！」

殲滅された鳥人を見て、ティーがピョンピョンと飛び跳ねる。

成長した主人の力の一端を目の当たりにしたことが嬉しいのだろう。そんなことをしている場合でもないだろうに、メイド服の裾を振り乱して年甲斐もなくハシャいだ様子を見せていた。

だが……その一方で、称賛を受けたカイムの表情は暗く沈んでいる。

「……俺がもっと魔法の操作を上手くできれば、最初から苦労はしなかったのにな」

カイムは魔法の操作が上手ではない。否、上手くないどころか、はっきり言ってヘタクソである。

一人、二人を狙った小規模な魔法ならばまだしも……数十人の敵に対して魔法を発動させる場合、味方を巻き込まないように精密な魔法を発動させることができなかった。

もしもカイムがもっと緻密な魔力操作を修得できていれば、船に火をかけられる前に毒を使って空賊を壊滅させることができたかもしれない。

「敵は倒したが……要反省だな。武術だけじゃなくて、魔法の練習もした方が良さそうだ」

「カイム様！」

カイムが【朱雀】を解除してデッキに降り立つと、ティーが駆け寄ってくる。

見れば、船のあちこちから火の手が上がっている。消火しきれないほど広がった火はいずれ船そのものを飲み込むはずだ。

「なあっ⁉　こ、これは何事だ。船が燃えているぞ⁉」

「そんな……私が寝ているうちに何が起こったのですか⁉」

船室がある階段からレンカとミリーシアが現れる。遅れて騒ぎに気がついて、デッキまで上がってきたようだ。

「ちょうど良かった……二人とも、さっさと脱出するぞ！」

「キャッ！」「わっ！」

カイムは足早に二人の身体を抱えて、船の縁に足をかけた。

「ティーも遅れるな……行くぞ！」

「はいですのっ！」

二人を抱えたカイムが大河に飛び込み、ティーも後に続いてくる。

バシャリと小さな水柱を上げて着水した周りには、先に脱出していた乗客や船員の姿があった。最後まで消火活動をしていた船員らも、炎の勢いに耐えかねて、火を消すことを諦めて水に飛び込んでくる。

「おーい、大丈夫かー！　すぐに助けるぞー！」

遅れて、オターリャの町から出た憲兵の船が到着する。憲兵と船乗りが大河に落ちた人々を自分達の船に引き上げていく。

「あ……」

そんな最中、炎に飲まれていた連絡船がバキバキと不吉な音を鳴らしながら崩壊する。

二百人は余裕で乗せることのできる巨大な船が、あっけないほど容易く水底に沈んでいったのである。

第二章　対岸の町

「災難だったな……このまま対岸まで送っていくから、身体を休めているといい」

　空賊の襲撃によって、帝国に向かっていた定期船が沈没した。

　カイムを含めた船の乗客、船員は救助に駆けつけた憲兵らの船に引き上げられ、大河の対岸にある町まで連れていってもらった。

　帝国領である対岸の町――『フォーレ』。その港には大勢の野次馬が集まっており、炎を上げて沈んでいく連絡船を眺めている。カイムらが乗せられた船が到着すると、港にいた身なりの良い男が同乗していた憲兵に向かって話しかけた。

「いやー、大変でしたなあ。まさか空賊の襲撃があるだなんて前代未聞だ！」

「領主殿……失礼だが、どうしてそちらの港から船を出してくれなかったのかな？　貴殿らの救援があれば、船が沈む前に救助できたかもしれないのに」

　話しかけてきた身なりの良い男……この町を治めている領主らしき人物に、王国側の憲兵が怪訝な顔つきで尋ねた。

空賊が襲撃してきたのは大河の中央付近だが、どちらかと言えば帝国寄りだった。帝国側から助けの船が出ていれば、船が燃やされる前に空賊を追い払うことができていたかもしれない。

「仕方があるまい。状況を確認しているうちにこんなことになってしまったのだ。しかも、襲撃されていたのは『王国』が所有していた船。迂闊に帝国兵が乗り込めば、国際問題になってしまうだろう？」

領主と呼ばれた男が残念そうに首を振る。

そんな態度に嘘臭さを感じたのはカイムだけではないだろうが……一応は理屈が通っていた。相手が帝国側の有力者ということもあり、抗議ができるような状況ではない。

「……あくまでも、自分達には非がないと仰るわけですか？」

「事実、そうなのだから仕方がないでしょう。貴殿らだって空賊の襲撃など予想もしていなかったはず。我らも同じというだけのことだ」

「…………」

領主の言い分を受けて、憲兵はそれ以上は追及することができずに悔しそうに押し黙る。

「……承知いたしました。それでは、乗客の皆様を保護していただけますかな？　皆、川の水で濡れてしまっているので」

「ええ、ええ、もちろんだとも。すぐに宿を手配して案内させよう！　貴重な財産をなくしている方もいることだろうし……今晩の宿賃は私の方で用意させてもらうので安心すると良い！」

領主が胸を叩いて断言する。

太っ腹な申し出であったが、連絡船に乗っていた乗客の表情は暗いものだった。

彼らは空賊の襲撃によって積み荷を失っている。貴重な財産を乗せていた者もいれば、帝国側に売りつけるつもりだった商品を失った者もいた。先行き不安となってしまった彼らにとって、一夜の宿代など焼け石に水のようなものである。

「……カイムさん、もう行きましょうか」

「ミリーシア？」

カイムの袖をミリーシアが引っ張ってきた。

ミリーシアは普段着である無地のドレスの上にフード付きの外套を羽織っている。わざわざフードを深々とかぶっており、まるで逃亡者が顔を隠しているようだった。

「私達の荷物は無事ですし、あの領主の世話になることはないでしょう。長居は無用です」

「ああ……そうだな。まだ日は高いが、こっちの町では早めに宿を取るか」

ミリーシアの態度は気になるものの、カイムらの荷物は空間魔法がかけられたアイテムに収納されているため船が沈没しても損害はない。

白々しい領主の話を聞いていても仕方がないし、港を離れて今夜の宿泊先(しゅくはくさき)でも探した方が建設的だろう。

カイムらはさっさとその場を離れようとした。だが……そこで予想外の邪魔が入る。

「待たんか！　貴様ら！」

「あ？」

背中に怒鳴(どな)り声がぶつけられ、カイムが振り返る。振り返った先には頭の禿げた中年男性が杖(つえ)を突いて立っていた。先ほど、連絡船で船長と揉(も)めていた乗客である。

「ああ……空賊(くうぞく)に斬られてたけど無事だったんだな」

でっぷりと腹に蓄(たくわ)えた脂肪(しぼう)がクッションにでもなったのだろうか。中年男性は上半身に包帯を巻いて杖を突いているが、意外と元気そうである。

中年男性は顔を真っ赤にして、肩(かた)を怒(いか)らせてズンズンと近づいてきた。

「貴様！　何ということをしてくれたのだ⁉」

「……何の話だ？　心当たりがないのだが？」

「貴様があの鳥頭共に無謀な戦いを挑(いど)んだせいで、船が焼かれて沈んでしまったのだ！　おかげでワシの財産が海の藻屑(もくず)に……どう責任を取るつもりだ⁉」

「ハア？」

あまりにも筋の通らない言い分にカイムが眉を顰める。

たしかに、空賊に船の積み荷を渡すことに反対していたのは目の前の中年男性である。

しかし、空賊は船を焼くよう何者かに指示を受けている言動をしていた。

カイムが戦おうと降参しようと、定期船に積まれていた荷物が失われていたことに違いはない。

（そういえば……空賊は誰の命令で船を焼こうとしてたんだ？　皆殺しにしちまった以上、確認する手段はないが……）

「くだらない……阿呆の妄言など相手にする価値はない。俺達はもう行くから、勝手にメソメソ泣き喚いてろ」

カイムは時間の無駄だとばかりに踵を返し、仲間を連れて立ち去ろうとする。

しかし……その男はカイムが予想していたよりもさらに愚かで、そして運が悪かった。

「待て！　待たんか！　ワシの財産を返せ！　金を支払わんのならこの女共を売り払ってくれるぞ！」

「キャッ⁉」

「お嬢様！」

なおも言い募る中年男性がミリーシアの腕を掴んで引っ張った。レンカが慌てて男を引き剥がそうとする。

「死ね」

ミリーシアに手を出されて、カイムから最後の情けが消えた。中年男性の腹に容赦のない蹴りを叩きこむ。

「ぐびっ……」

腹部を突かれたことで不可解な悲鳴を上げて、中年男性がボールのように転がっていく。そのまま港の縁から海に落下して小さな水柱を上げた。

「クズが……汚い手で俺の女に触ってんじゃねえよ」

カイムが憎々しげに吐き捨てる。

港には憲兵もいたのだが、呆れた顔をした彼らは暴行を働いたカイムを咎めることはしない。会話から、あの中年男性に非があったことが明らかだったからだろう。

仕方がなさそうに溜息をつきながら海に落ちた男を引き上げているが……陸に引っ張り出された中年男性はトドのように転がって海水を噴いており、まだ死んでいないようだ。

「『憎まれっ子世に憚る』……と言うんだったかな？　大した生命力じゃないか」

空賊に斬られても死ななかったし、あるいは悪運は強いのかもしれない。

「お嬢様、大丈夫ですか？」

「はい……問題ありません」

中年男性に腕を引かれたミリーシアを、レンカが介抱する。ミリーシアは掴まれた腕を擦っているものの、痕にはなっていないようだ。

「なっ……あ、あの方はまさか……！」

腕を引かれたせいで、ミリーシアの頭部を覆っていたフードが外れてしまっていた。露わになったミリーシアの顔を、少し離れた場所にいる領主が目を見開いて凝視している。

「どうして、この町に……⁉」

「行きましょう、カイムさん！　早く、すぐに！」

ミリーシアが慌ててフードを被り直し、カイムの袖を引っ張った。

「ああ……わかった、行こう」

必死な様子で訴えるミリーシアに、カイムは足早にここを離れることにした。

背中に領主がこちらを見つめている気配を感じる。ミリーシアのことを知っているようだが、声をかけてくることはしなかった。

（知り合いだとしても、仲良しこよしの関係じゃなさそうだな……厄介なことにならないといいんだが）

せっかく、帝国に到着したというのに……幸先の良くない幕開けである。

旅の無事を祈るカイムであったが……残念ながら、その願いが叶うことはないだろう。

カイムの悪い予感は的中する。それはこの数日間で嫌というほどに証明された事実なのだから。

○　○　○

大河の東岸の町。帝国西端の都であるこの港町の名前は『フォーレ』という。

広大な大河に面する交易の玄関口。物流が盛んであることは西岸のオターリャの町と変わらない。大通りは数えきれない人の波で溢れかえっており、注意して歩かないと同行者とはぐれてしまいそうだ。

オターリャと異なっていることと言えば、通りを歩いている人間の人口比率だろう。帝国領であるこの町には人間以外の種族が大勢見られた。

獣の耳と尻尾を生やした女性が露店で買い物をしている。

爬虫類の頭を持った男が大きな口を開けて客を呼び、魚を売っている。

二本足の猫が子供と一緒に走り回り、鬼ごっこをしている。

梟の顔をした老人らしき人物が道の端に座り込み、心地好さそうに寝息を立てている。

人類至上主義を掲げる教会の影響があり、亜人差別が強いジェイド王国ではありえない光景だ。メイド服の虎人……ティーが大通りを歩いていても、誰一人として不審な目を向けてくることはなかった。

「うん……居心地の良さそうな町じゃないか。気に入ったぞ」

カイムは人種がサラダボウルのようになっている光景を前に、感心して頷く。

ジェイド王国では獣人や亜人は奴隷か、さもなければ路頭に迷った者しかいなかった。多くの種族が混合して共存している光景は異質なものだったが、混沌とした街並みにはどんな人も受け入れる広い度量があって好ましく思える。

「帝国は実力主義を掲げており、相応の能力があれば種族は関係ないのです。他国から訪れる人はよく驚いています。中には不快に思われる方もいらっしゃるようですけど……」

ミリーシアが横に並んできて補足する。頭には先ほどと同じように変装用のフードをかぶっていた。

「ハッ！　ウチの国の連中はどいつもこいつも頭が固くて排他的だからな。自分達とは異なる存在、理解できない連中が怖くて仕方がないんだよ。器が小さいというか、肝っ玉が小さいというか……人間種族がそんなに偉いのか疑わしいよな」

カイムが含蓄のある台詞で吐き捨てる。

人間として生まれたカイムであったが、『呪い子』として生まれたことでずっと差別されていた。ジェイド王国の差別的な悪しき国風は嫌というほど思い知っている。

（あるいは、この国に生まれていたら俺の人生もちょっとは変わっていたかもしれないな……どうでもいいことだが）

とはいえ、もしも不幸な幼少期を送っていなかったら、『毒の女王』と和解して融合することもなかったかもしれない。カイムはいずれ呪いに心身を喰い尽くされ、『女王』の新しい器として身体を乗っ取られていただろう。

（何が幸いするかわからないな。人生は面白おかしいというか、ままならないというか……）

「お嬢様、これから如何いたしましょうか？」

後ろから続いていたレンカが尋ねてくる。ミリーシアがフードの奥で少しだけ考えるそぶりを見せて、口を開く。

「そうですね……今夜は宿を探して一泊しましょうか。まだ明るいですけど、早めに宿泊先を見つけておいた方がいいでしょう」

交易都市であるフォーレには行商人や旅人が大勢やってくる。まだ日は高いため時間に余裕はあるが……油断していたら、先日のように何軒も宿を探し歩くことになってしまう。

「そうだな……寝床を決めるのは早いに越したことはない。四人で泊まるとなればなおさらだ」

カイムが同意すると、それまで黙っていたティーが前に出てきて主人の腕に抱きついた。

「それじゃあ、ティーがカイム様と泊まりますわ！　そちらはお二人で宿を取ってくださいな！」

「待ってください！　どうしてそうなるのですか⁉」

「ムッ……」

甘えるようにカイムの肩に顔をすり寄せているティーに、ミリーシアが声を荒らげた。

護衛の女騎士であるレンカも隣で眉をひそめている。

「空いている四人部屋を探すのは大変ですの。二人部屋を二つ探した方が確実に見つけられますわ」

「それはそうかもしれませんけど……だからって、ティーさんがカイムさんと同室になることはないでしょう⁉　二人で部屋をとるのなら、私がカイムさんと泊まります！」

「お嬢様……その発言もどうかと思うんですが……」

「レンカ！　レンカは悔しくないのですか⁉　カイムさんはみんなのカイムさんなのに、

ティーさんだけに独占させるなんてあって良いことではありませんよ!?　条約違反です！」

「条約ってなんだよ。俺は俺の物だから、人を勝手に共有財産にしないでくれ……」

ミリーシアの言い分に、カイムが呆れて横槍を入れる。

確かに、ミリーシアとレンカを抱いて恋人関係になることは了解したし、ティーとも似たような状態になっていた。だからと言って……自分の身体を勝手に私物化されるのは、流石に困る。

（何だろうな……三人の美女が俺を奪い合ってくれる。男としては羨ましがられることなのかもしれないが、全然、嬉しくない……）

ハーレムというのは、男にとって楽園のようなイメージがあるが……意外と大変なものなのかもしれない。カイムは複数の女性に囲まれる男の苦労にしみじみと感じ入る。

（できれば、一人部屋と三人部屋で分かれることができたのなら有り難いんだが……そう上手くいくかな？）

案の定というか、やっぱりというか……その日、カイムら一行は別々の宿にそれぞれ二人ずつに分かれて泊まることになった。早い時間から宿を探しはじめたものの、予想以上に宿屋が賑わっており、同室どころか同じ宿の部屋すら四人分を取れなかったのである。

部屋分けは、カイムとティー、ミリーシアとレンカという組み合わせになった。

ミリーシアは文句を言っていたのだが……船の中でミリーシアがカイムに抱かれたこと、レンカが護衛対象であるミリーシアと離れることに苦言を呈したことで、ティーが狙い通りに主人との同じ部屋を獲得したのである。

ミリーシアはハンカチを噛んで悔しがっていたが……そこまで悲嘆するほどのことだろうかと、自分の寵愛を競い合われているカイムとしては首を傾げるばかりである。

○　○　○

「さて……それじゃあ、ちょっと観光がてら飯でも食いに行くか」

「はいですわ！　お供しますの！」

宿屋に荷物を置いたカイムとティーは、そのまま二人で出かけることにした。

本当は明日にでもゆっくり町を見て回るつもりだったが、ミリーシアの都合により出来るだけ早く町を出ることになったのだ。理由は話していなかったが、領主に顔を見られていたことが関係しているのかもしれない。

（じっくりと観光できないのは残念だが……ミリーシアは雇い主でもあるからな。意向はできる限り尊重してやるか）

そういった事情もあり、カイムはあえて宿屋で食事を摂ることなく外に食べに出ることにした。レストランを探しつつ町を見て回ろうという考えである。

もちろん、ミリーシアとレンカも誘ったのだが……二人は首を振って断ってきた。

「いえ、今日は疲れたので宿屋で休ませていただきます」

「大丈夫か？　お前達が残るのなら、俺も一緒にいて構わないが……」

「いえ、大丈夫です。あまりカイムさんにお手間をかけるのも申し訳ないですから。宿屋からは出ませんし、すぐに何かが起こるということもないでしょう」

「お嬢様は私が守るから心配無用だ。ゆっくりと食事を楽しんでくると良い」

ミリーシアとレンカから促され……カイムとティーは宿屋から出て、特に目的地を定めることなく大通りをブラついた。

すでに日が落ちかけているというのに、通りには少なくない人が歩いている。あちこちに並んでいた露店が営業を終了させて、代わりに酒場などが店を開き始めていた。

酒場の前では露出の大きな服を着た女性が客引きをしているところもあり、健康的な男子であるカイムへ視線を向けて誘ってくる。

「……帝国の女は服装も開放的なんだな。ちょっと品がないような気もするが」

「カイム様、隣にティーがいるのにあんまりじゃないですかっ！」

「痛っ！」

ティーが「キュッ」とカイムの脇腹をつねる。女の子らしく可愛らしい嫉妬だったが、虎人の腕力でつねられたため、わりと本気で痛かった。

ティーは扇情的なドレスを着た客引きを恨めしげに睨み、自分のメイド服を見下ろした。

「がうう……ティーもああいうドレスを着たら、カイム様に喜んでもらえますの？　メイド服に飽きてしまいましたの？」

「飽きるも何も……いや、そういうことじゃなくてな」

カイムは言い訳しつつ、珍しく落ち込んだ様子のティーに焦る。怒ったり拗ねたりすることはよくあったが……ティーが消沈するのは滅多にないことだった。

慌てて左右を見回すカイムであったが……偶然、そこで一軒の店が目に入る。

「あー……別にメイド服に飽きるとかいうことはないが、たまには違う服を着てもいいかもしれないな。ちょうどそこに服屋もあることだし……見ていくか？」

カイムの視線の先にあったのは清潔そうな店構えの服屋だった。貴族や王族が利用するような高級店ではなかったが、庶民がちょっと奮発して贅沢な服を買うのにちょうど良い店である。

「がうっ⁉　服を買ってくれますの⁉　カイム様がティーに⁉」

ティーが目を見開いて叫んで、スカートの下から出た縞模様の尻尾を「ビンッ！」と伸ばす。そんなに驚くことかと首を傾げるが……考えてもみれば、カイムがティーに何かを買い与えたことはなかった。

（そもそも、俺はこの間まで十三歳のガキだったからな。親父からは銅貨一枚すら小遣いとして貰っていなかったし）

子供の頃、道端に咲いていた花をプレゼントしようとした記憶があるが……手に取った瞬間、毒のせいで花が枯れてしまったことをカイムは覚えていた。

「……さんざん世話になってきたからな。服くらい買ってやるさ」

「カイム様……！」

感極まって、ティーが飛び跳ねるようにしてカイムに抱き着いた。両手でカイムの頭部を抱きかかえ、脚でガッチリと胴体をホールドする。

「うおっ⁉」

「感激ですわ！　感謝ですわ！　感無量ですわ！　今日が私の人生最良の日ですの！」

「や、安い人生だったんだな……そろそろ放せ」

カイムは柔らかな双丘に顔面を埋めながら、苦しそうにティーの背中を叩いた。

たっぷり五分以上もかけてティーを宥めてから、二人はようやく大通りに面した服屋に入った。

「いらっしゃいませ。どのような服をお求めですか？」

すぐに営業スマイルを浮かべた店員が現れて、二人に応対をしてくれる。

「普段着を貰いたい。こっちの女と……ついでに、俺の物も買っておこうかな？」

カイムは服をほとんど持っていない。【毒の女王】と融合したことで身体が急成長して、持っていた服が着られなくなってしまったからだ。

カイムが所有している服は、ファウストがくれたアイテムバッグに入っていた数着の衣服と下着だけである。

（あの女のコーディネートをいつまでも着ているのも気味が悪いからな。自分の服くらい、自分で買っておくか）

「俺の物は適当でいい。まずは女性用の服を見せてくれ」

「畏まりました。それでは、こちらのコーナーにどうぞ」

店員が、女性用の服が並べられた区画に案内してくれる。そこには色とりどりの服が置かれていて、鮮やかな色彩が目を引いてくる。

「わあ……凄いですの」

「…………」

ティーが感嘆の溜息をつく。カイムも声には出さないものの、内心で驚いていた。

大きな町の服屋に入ったのは物心ついてから初めてかもしれない。

母親であるサーシャ・ハルスベルクがまだ元気だった頃には、彼女に連れられて店に入ったような気もするが……当時はカイムも幼かったため、ほとんど記憶に残っていない。

使用人であるティーもまた、似たようなものである。ジェイド王国では獣人が蔑まれているため、服屋やレストランでは入店を断られることも多い。

そうでなくとも、田舎のハルスベルク伯爵領ではオシャレな店など一つもない。支給されたメイド服と寝間着ぐらいしか、袖を通したことはなかったはずだ。

「いっぱい服がありますの……宝石みたいですわ」

「これが全部、売り物なのか……恐れ入ったな」

「はい、よろしければ、試着してみてください」

「「試着!?」」

カイムとティーが同時に店員の方を振り返る。

明らかな御上りさんな二人の様子に、店員が慈愛に満ち溢れた包み込むような笑みで試着室を指差した。

「あちらの個室で気になる服を着てみてください。サイズなどの調整も致しますので、遠慮なく仰ってくださいませ」

「「………」」

カイムとティーは顔を合わせて言葉を失う。都会の服屋、恐るべしである。

「じゃ……じゃあ、お言葉に甘えて好きなやつを着てみろよ」

「わ、わかりましたの……」

ティーはおずおずと、明らかに不慣れであることがわかる仕草で服を手に取った。

そうして、しばらく服を物色していたが……徐々に、居心地の悪さを服を選ぶ楽しみが上回ったのか、表情が明るくなっていく。

嬉々として服を手にとっては自分の身体にあてて、気に入った何着かを試着もした。

「カイム様、これは似合いますの」

「ああ……似合ってる」

「こっちはどうですの？　色違いも試してみますの」

「ああ……似合ってる。似合ってるぞ」

入店してから、すでに二時間近い時間が経過していた。

服を選んでいるティーは少しも疲れを見せることはなかったが、カイムの方は明らかに心労が見えている。

（何というか……随分と長いな。ティーだからそうなのか、それとも女性は全て、服を選ぶのが長いのか……）

すでにカイムは何着か自分用の衣類を購入している。特に思い入れもないので、適当に選んだ。

しかし、その後もティーは飽きる様子もなく服を選び続けている。いったい、何がそんなに楽しいのかカイムにはわからなかった。

やがて、一通りの服選びを終えたティーは下着コーナーにやってきて、そこにある無数の下着を厳選し出す。

「がう……パンツだけでこんなにありますの。カイム様はお好きな物がありますか？」

「…………知るか」

「ミリーシアさんとレンカさんが身に着けていた『ぶらじゃー』という乳当てもありますわ。カイム様、赤と黒とどちらが好みですの？」

「知るか！」

上下の下着を手に取って尋ねてくるティーに、カイムは憮然として答える。

店員が温かく見守っている視線を受けながら恋人の下着の好みを聞かれている状況が、

何故か無性に恥ずかしい。

（世の中の男共は、皆、こういう羞恥に耐えて女と付き合ってるのか……？）

両親を含めて、参考になる男女が身近にいないのでわからない。

「……服を買ってやるとは言ったが、俺に女物の下着の良し悪しがわかるわけないだろ」

「そんなに難しく考えることはありませんわ。ご主人様が脱がすことになる下着ですし、交尾したくなる方を選べばいいですの」

「余計にわかるかよ！」

「こちらのティーバックというのもお勧めですよ。最新のデザインの物になります」

店員が営業スマイルのまま、かなりカットの激しいデザインの下着を勧めてきた。

店員が差し出してきたのはレース地の女性用パンツで、尻の大部分が丸出しになる扇情的なものだった。

「がうう……凄いですの、エッチですの。いやらしいですの……！」

言いながら、ティーが瞳を輝かせた。

「カイム様、こちらの下着を試着してくるので、ちょっと待っていて欲しいですわ！」

「試着するのか⁉　わざわざ⁉」

「当然ですわ。ちゃんとサイズが合ったものを選ばないと身体のラインが崩れてしまうと、さっき店員さんが言っていましたの！　カイム様のためのお尻とおっぱいなのですから、ちゃんと手入れをしてもらいますの」

「グッ……わかったよ、行ってこい」

　カイムは予想外の攻撃にダメージを受けながら、仕方がなしに許可を出す。

　さりげなく店内に視線を巡らせるが、カイム以外に男性客の姿はない。一先ず、ティーの裸身を他の男に見せる心配はなさそうだ。

　しばらくすると、試着室を隠しているカーテンが内側から開かれた。

「カイム様、どうですの？　似合いますの？」

「ッ……！」

　現れたティーの姿を目にして、カイムは息を呑んだ。

　真っ赤なパンティーとブラジャーに身を包み、ガーターベルトを付けたティーの姿は視線が外せなくなるほど濃艶である。

　赤い下着が銀髪のティーに恐ろしくマッチしていた。柔らかそうな双丘が、形の良いラインを描く丸い尻が、扇情的な下着を身に着けたことで裸以上に興奮させてくる。

「……買いますわ。即購入ですの」

　ゴクリと唾を飲んでいるカイムの様子を見て、してやったりの顔でティーが下着の購入を決める。

「このまま着ていきますの。さっき買った服も一緒に着ても良いですの？」

「もちろんでございます。お買い上げ、ありがとうございます」

店員が丁寧に頭を下げる。

ティーは服と色違いの下着を何着か購入して、買い物を終えた。

試着室で着替えた服は、普段使いとは思えないほど美麗なものである。あちこちに凝った意匠が入れられた白色のドレスであり、深いスリットの入った裾から長い脚が伸びていた。胸元も大きく開いていて、深い谷間がこれでもかと自己主張をしている。

まるでパーティーにでも参加するような格好になったティーに、他の服を袋に詰めていた店員が「パチン」と両手を合わせる。

「まあ、お似合いですこと！　そうですよねえ、旦那さん？」

「…………ああ、似合っているよ。文句なしにな」

女性店員に促され、仕方がなしにカイムが肯定した。

「がううっ……カイム様、嬉しいですわ！　本当に本当にティーは幸せ者ですの！」

照れを多分に含んだ言葉は気が利いたものではなかったが、ティーは嬉しそうに、満面の笑みを浮かべる。

その後、ドレスに着替えたティーに合わせるようにして、カイムも貴族が着るような高価な服を購入させられることになってしまった。

必要ないと断ろうとしたのだが……男がダサい服を着ていると一緒にいる女性に恥をかかせると店員に説得され、この近くにあるドレスコード付きのレストランを紹介されたことで断り切れなくなった。

騙されたような気持ちになりながら高額の料金を支払い、カイム達は合計三時間におよぶ服選びを終えたのである。

○　○　○

服屋から紹介されたのは町でも有数の高級レストランである。ドレスコードのある店だったが、服屋で着替えていたため問題なく入店できた。

カイムが着ているのは紫色の上着とズボン。ティーが着ているのは裾にスリットが入った白のドレスである。二人とも慣れない服に着られている感覚は拭えないが、それでも美男美女であり、並んで座っているとそれなりに様になっていた。

店で出される酒、料理ともに非常に高級なものである。もちろん、その値段もまた高価であり、盗賊から奪った金銭がなければ入店を躊躇っていたことだろう。

「……店の酒、全種類を持ってきてくれ」

ご機嫌な様子で料理を食べるティーの前に座り、カイムはやけくそのようにそんな注文をした。

店員はわずかに驚いた様子だったが……それでもプロである。表情を変えることなく、注文通りに大量の酒をテーブルに並べていく。

カイムとティーは初めて食べる高級レストランの料理に舌鼓を打ち、一心に酒を喉へと流し込んだ。

鯨が海水を飲むように酒を呷っているカイムに、他の客からは称賛と呆れの声が上がっていたが、気にすることなくワインやカクテルを飲み干した。

ジェイド王国から出て、ガーネット帝国で過ごす最初の夜である。

おそらく、この日は後になって思い返しても、記念になるような一晩になったことだろう。

このまま何事もなければ……最高の思い出として残ったに違いない。

「……どうして、こうなるんだろうな。まったく」

「ガウッ……カイム様とティーの時間を邪魔して、許せませんの！」

レストランから出て宿屋に戻る道中……カイムとティーは黒ずくめの集団に囲まれてしまった。

異変が起こったのはレストランを出てすぐのことである。酒をたらふく飲んで気持ち良く酔っぱらったカイムは、ティーと腕を組んで店から出てきた。

おそらく、宿屋に帰ればティーと夜の情事に耽ることになるのだろう。それはティーの蕩けた顔を見ればわかる。ご機嫌すぎる笑みを浮かべた虎人の女の顔には、はっきりと情欲の色が浮かんでいた。

「……尾けられてる？」

しかし、すぐに恋人の甘い時間を邪魔する存在に気がつく。

レストランから出た途端、背後に張り付いてきた気配にカイムは眉根を寄せた。

いくら酔っぱらっていたとしても、敵意を孕んだ気配を見逃すカイムではない。相手も上手く隠しているようだが……闘鬼神流を修めたカイムの超感覚は獣人の五感すらも凌駕するのだから。

「あ、本当ですわ！　どなたですの……こんな素敵な夜に無粋ですわ！」

満面の笑みから一転、ティーが不機嫌そうな顔になる。

愛する主人から服を贈ってもらい、レストランで食事を摂って……これから最後のお楽しみ。愛の営みに励もうとしていたところでの尾行者に、明らかに苛立っていた。

カイムにとっては、ティーが不機嫌になってしまったことの方が背後の尾行者よりもよほど恐ろしい。

「どこの誰だろうな……わざわざ俺達の後を尾けてくるなんて」

恨まれる覚えはなくはない。

真っ先に思いつく可能性はハルスベルク家からの刺客なのだが、それは父親のやり方とは違う気がするし、時間的にも早過ぎる。

毒に倒された父親——ケヴィン・ハルスベルクが目を覚まし、カイムを殺すための刺客を雇い入れたとしても、帝国まで追いかけてきたにしてはあまりにも動きが速い。

（ただの強盗か物盗りとか……金持ちなら誰でもよかったとか？）

高級レストランから出てきた人間ならば金を持っているだろう……そんな浅はかな考えで尾行しているというのであれば、わからなくもない。

（どちらにしてもやることは変わらないんだがな。ティーも不機嫌になっていることだし、さっさと片付けて……ん？）

後方だけではなく、前方にまで何者かの気配が現れた。

どちらも息を潜めたように己の存在を隠そうとしている。偶然ではありえない。待ち伏せされていたようだ。

「おいおい……勘弁してくれよ。客が多過ぎるだろ」

ちょうど人気が無くなったタイミングを見計らったのか、前後に複数の人影が現れた。音もなく立ちふさがったのは黒ずくめの服を着た一団である。身体だけではなく頭まで頭巾を被っており、徹底的に正体を隠している。

カイムはうんざりとした気分になりながら、前方にいる黒ずくめに質問を投げかける。

「誰だか知らないが……人違いじゃないか？　俺はこの国にやってきたばかりで、狙われる覚えはないぜ？」

「………………」

黒ずくめは無言。言葉を発することなく武器を構える。

問答無用と言わんばかりの態度を見て、カイムはやれやれと首を振った。

「やっぱりか……昨日の今日で楽しませてくれるよ。鬱陶しい限りだ」

「ガウウウウウッ……カイム様とティーの時間を邪魔して許しませんわ！」

ティーがドレスのスリットから三節棍を取り出した。オシャレをしていながらも、太腿に括り付けて隠していたらしい。

武器を出したことが合図になったのだろう、黒ずくめが一斉に飛び掛かってくる。

「ティー、後ろは任せたぞ！」

「がうっ！」

ティーが短い鳴き声で了承する。

黒ずくめの襲撃者は前方に五人。後方に三人。数だけで言えば盗賊や空賊のときよりもずっと少なかった。

「ッ！」

「おお……!?」

だが……その動きは存外に素早い。

前方から飛び掛かってきた黒ずくめが、カイムでさえ目を見張るようなスピードで短剣を振るってきた。

カイムはわずかに驚きながらも、首の動きだけで白刃を躱す。しかし、そんな回避行動を読んでいたかのように、別の黒ずくめが左右から斬りかかってくる。

「驚いたな……コイツら、暗殺のプロか!?」

素早いが、それ以上に驚嘆させられるのは黒ずくめらが物音一つ立てずに攻撃を繰り出してくることである。攻撃を繰り出すまで、まるで動きが読めなかった。

「……っと！　危ない、危ない！」

　左右から放たれる刃を圧縮魔力で腕を覆って受け止めるカイムであったが、仲間の陰に隠れて別の黒ずくめが刃物を投げつけてくる。

　抜群のコンビネーションだ。カイムは顔面に放たれた刃を歯で噛んでキャッチした。

「不味っ！　毒が塗ってあるじゃねえか。ガチで殺す気かよ⁉」

　口で受け止めたナイフには毒が塗ってあるようで、苦くピリピリとしていて腐った卵を混ぜ込んだような形容しがたい味が舌に広がる。

　かなり強い毒のようだが、『毒の王』であるカイムには効かない。

（俺は問題ないが……ティーにはキツイか？　早めに倒して助力に入った方が良いな）

「ガウッ！　ガウッ！　ガウッ！」

　背後で奮戦しているティーの気配と声を感じながら、カイムは早急に勝負を決めるべく、本気の力を発揮することにした。

「闘鬼神流──【青龍】！」

　カイムは右手の指を伸ばして『手刀』を作り、そこに圧縮した魔力を纏わせた。

　先ほどまでとは打って変わり、強烈な殺意がカイムから発せられる。前方にいる五人の黒ずくめも、圧倒的な力を感じ取って警戒したように動きを止める。

「仕掛けておいて、今さら怯えるなよ……そっちが来ないならこっちが行くぞ！」

「ッ……！」

黒ずくめがナイフを構えて、迫りくるカイムを迎撃しようとする。

だが……カイムは迫りくる白刃を無視して、右手を大きく振るった。

「フンッ！」

「「「ギャッ⁉」」」

三人の黒ずくめが同時に悲鳴を上げる。最後に発する悲鳴の声までも連携ばっちりで異口同音。

カイムの一撃が黒ずくめのうち三人の胴体をまとめて斬り裂き、彼らの身体を両断した。

「「…………⁉」」

残っていた二人の黒ずくめから、驚愕の感情が伝わってくる。

物言わぬ屍となって地面に倒れた三人の身体は鋭利な刃物で切断されたようであり、素手のカイムがどうやって彼らを殺したのか理解できなかったのだろう。

闘鬼神流・基本の型──【青龍】

圧縮した魔力を極限まで研ぎ澄ますことによって刃のような性質を生じさせ、『高周波ブレード』のように変化させる技である。魔力の流れによって小刻みに振動させた刃は名工に鍛え上げられた業物の刀と遜色なく、鋼鉄をも両断することができるのだ。

「おまけに……その形状は変幻自在！」

「ガッ……!?」

カイムの腕に纏った圧縮魔力が鞭のように伸びて、残る黒ずくめの一人に突き刺さる。心臓を串刺しにされた男が仲間の骸の上に倒れた。

魔力の刃はカイムの意思によって自由自在に形を変え、長さを変えることもできる。長く、複雑な形状にするほどに強度や威力が弱くなってしまうのが難点だが……三メートル程度の距離であれば十分に殺傷能力を保つことができる。

「ッ……！」

四人目の黒ずくめがやられて、最後の黒ずくめは退却を選んだ。

猿のような曲芸じみた動きで建物の屋根に上り、そのままどこかに逃げていこうとする。

「【麒麟】」

「ッ……！」

だが……カイムの放った魔力の拳が逃げる黒ずくめの背中に命中する。

胴体に穴を開けた黒ずくめは狩人に射られた野鳥のように屋根から墜落して、地面に血だまりを広げて動かなくなった。

「飛び道具の扱いはこちらが上手だったようだな？　さて、ティーの方は……」

「これで……最後ですガウウウウウッ！」

「ギャアアアアアッ⁉」

背後を振り返ると、ティーが黒ずくめの首を爪で斬り裂いていた。

ティーと戦っていた黒ずくめは三人。すでに二人が三節棍で頭をカチ割られて地面に転がっており、最後の一人も爪で引き裂かれて絶命した。

三人を相手にさせるのは厳しいかと思いきや、ティーは独力で勝利していた。

「どうやら……俺はティーの戦闘能力を見誤っていたらしいな。普通に強いじゃないか」

屋敷の兵士と訓練をしていたのは見ているし、自分の身を守る程度の武術は修めているとわかっていた。

けれど、プロの殺し屋らしき三人を同時に相手取って、無傷で勝利したことは驚きである。

「だが……ちょっとツメが甘いな」

「ガウッ⁉」

暗闇から細い刃が飛んできた。何もしなければティーに命中していたであろうそれを、カイムは掌で掴んで受け止める。

「ム……？」

手にぬるりとした感触。見れば、わずかに掌が切れて血が出ていた。

本気を出していたわけではないとはいえ、圧縮魔力を纏ったカイムの肌を斬り裂くとはかなり切れ味の良いナイフだったようである。

「クックックッ……これで貴様の命はお仕舞いよ」

「……誰だよ、お前は」

不気味な笑い声を漏らしながら、新たな曲者が暗闇から現れた。

腰が曲がったその男もまた黒ずくめである。倒した八人の刺客と違うのは、顔に頭巾をつけておらず、ちゃんと声も発していることだろう。

「ワシが鍛えた弟子を返り討ちにしたことは驚きじゃが……ここまでのようじゃのう。最後に油断しおったか」

腰の曲がった黒ずくめ……禿頭の老人が愉快そうに肩を上下させて笑う。

「その刃には毒が塗ってある。大陸西方の砂漠に生息しているコブラの毒じゃ。珍しい毒じゃから、治療は間に合わぬじゃろうな。お主には恨みはないが……雇い主の意向じゃ。そのまま死んでもらうぞ」

「カイム様！　ティーを庇って……!?」

「ああ、いいから下がってろ……それで。もう一度聞くけど何処の誰だよ、お前は」

手を振ってティーを下がらせ、カイムは目の前の老人を睨みつける。

禿頭の老人はニタニタと不気味な笑みを浮かべながら、ベロリと舌を出す。

「これから死ぬ者に名乗っても意味はあるまい？　せいぜい、毒で悶え苦しんで死ぬがよい。それが手塩にかけて育てた弟子を殺った罰じゃろうて」

「………………」

「どうした？　毒が回って口も利けぬか？　ホッホッホ……愉快よのう。滑稽よのう。ワシは貴様のような未来ある若者が死んでいくのを見るのが大好物なのじゃ！　そろそろ毒が足にも巡ってきたころじゃろう？　じきに地面に倒れて立ち上がれなくなり……」

「【飛毒】」

「そのまま指一本……ヒギャッ⁉」

カイムの指から毒の弾丸が放たれた。顔面に命中した黒ずくめの老人がバタリと倒れる。

潰れたカエルのように四肢を投げ出した老人は、ビクンビクンと小刻みに身体を痙攣させており、起き上がる様子はない。

「な……何が起こって……？」

「地面に倒れたのも、立ち上がれなくなったのも……お前だよ、爺。殺し合いの最中にペラペラと囀ってんじゃねえよ」

「なあっ……き、貴様……!? どうして、あの毒を受けて動いて……」

「俺は毒が利かない体質なんだよ。それよりも……話してもらうぞ」

カイムは倒れた老人に近寄り、骨と皮だけの細腕を踵で踏み砕いた。

「ギャアッ!?」

「雇い主に命令されたんだってな……俺達を殺すように。誰に依頼されたのか吐け」

「そ、それは……!」

老人は口籠もる。大物ぶって登場したわりに予想外にあっさりとやられた黒ずくめのリーダーは顔を引きつらせて視線をさまよわせる。

「い、言えぬ！ ワシもプロじゃからな！ 裏社会を生きる人間として、拷問されたって雇い主の情報は……」

「あっそ。じゃあ別にいいや。これ以上は質問しない」

「口には………は？」

トカゲのように地面に這いつくばりながら、老人が目を白黒とさせる。

ここまであっさりと尋問を撤回されたことに理解が追い付いていないようだが……もちろん、カイムは見逃すつもりでそんなことを言ったわけではない。

からないさ」

「喋りたい。喋らせてくれと、そちらが言ってくるまで待つとしよう。それほど時間はか
「き、貴様っ、何を言って……」

「お前は随分と毒に詳しいようだが……『蟻酸』というものを知っているか？」

老人の動揺を無視して、カイムは淡々とした様子で倒れた刺客を見下ろす。

カイムの指先に無色透明の液体が滴っている。

「これは蟻が体内で生成する薬物なんだが……強力な蟻酸の中には、致死性以前に強烈な痛みを与えるものがある。密林に生息する蟻に刺されて、痛みのあまり刺された手足を切り落とした……なんて例もあるらしいぞ？」

カイムは『毒の女王』から得た知識を引っ張り出しながら語る。

その抑揚のない説明に激しい不安と恐怖を感じて、老人が地面を転がりながらジタバタとのたうち回った。

「お、おい……まさか!? やめよっ、やめるのじゃっ!!」

「雇い主のことを喋りたくなったら言ってくれ。それまで勝手に続けさせてもらうから。とりあえず……足の先から始めるか？」

「ヒッ……………ギャアアアアアアアアアアアアアアアアアアッ!?」

老人の絶叫が夜の街にこだまする。

街中で絶叫が轟いたにもかかわらず、不自然なほど誰も現れなかったが……どうやら、黒ずくめの一団は襲撃前に何らかの方法で人払いをしていたらしい。

そのせいで老人は誰の助けも得られずに『蟻の毒』を注入され続けることになってしまい、自分達の所業を心から後悔することになった。

老人が口を割ったのはそれから十分後のこと。

カイムは無事に黒ずくめの雇い主と、彼らの目的についての情報を得ることに成功したのであった。

第三章　ミリーシアの危機

黒ずくめの老人への尋問を終えたカイムは、そのまま真っすぐ宿屋に向かった。

ティーと一緒に泊まっていた宿屋ではない。ミリーシアとレンカが泊まっている宿屋である。

「ミリーシア！　レンカ！」

宿屋に踏み込んで部屋の扉を開けるが……そこに二人の姿はない。

部屋の中は家具が倒れており、二人の物と思われる荷物も残骸となって転がっている。

争ったような形跡が残っているだけで、そこにいるはずだった二人の姿は忽然と消えていた。

「チッ……やられたか！」

「カイム様……二人はどこに連れていかれてしまったのでしょう……？」

後から部屋に入ってきたティーが不安げに言う。

ティーはまだ二人との付き合いが浅かったが、それでも旅の仲間の安否が心配なのだろう。

もちろん、二人の身を案じているのはカイムも同じである。

「おそらく、二人が連れていかれたのは領主の屋敷だろうな。あのジジイが言っていたことが正しいのであればの話だが」

カイムが忌々しげに吐き捨てる。

黒ずくめの老人を尋問したことにより、カイムは襲撃者がこの町の領主に雇われた人間であることを知った。

そもそも、今回の襲撃における、本命の目的はミリーシアだったのだ。

カイムの想像していた通りだが……ミリーシアは高貴な家に生まれた令嬢であり、特殊な事情を抱えていたらしい。

詳細については黒ずくめも知らされておらず、尋問してもわからなかったのだが……領主がミリーシアとついでに護衛のレンカを拉致したのはほぼ間違いない。

(昼間の様子から、ミリーシアが領主と知り合いだということはわかっていた。だが……それでも、さほど警戒していた様子はなかった。すぐにトラブルが生じるということはないと踏んでいたが……考えが甘かったらしいな。野宿することになったとしても、すぐにこの町を出るべきだった)

ミリーシアもすぐに町を出ようと提案はしなかったし、宿屋を分けることについて安全上の異論は出てこなかった。

だから、そこまで緊急性のある問題だとは思っていなかったのだ。一晩くらいは別行動をとっていても問題ないと油断してしまった。

「俺としたことが完全な失態だな……こんなことなら、二人が何を言おうと傍にいるべきだった」

「がうっ……カイム様、これからどうされるつもりですの？」

「言われずともわかるだろう？　領主の屋敷に乗り込んで二人を救出する！」

カイムが即答した。

決して争いごとが好きというわけではないが、身内に手を出されて泣き寝入りするつもりはない。

最悪の場合、この町そのものを敵に回してでもミリーシアとレンカを助け出す。これはカイムの中ですでに決定事項となっていた。

（二人を拉致することは、領主にとっても表沙汰にしたくないことに違いない。わざわざ俺達にまで暗殺者を差し向けてきたということは、ミリーシアが法を犯して指名手配されているというわけではないはず。だからこそ、憲兵に捕まえさせるのではなく、闇の人間を使って口封じまでしようとしたんだ）

「とりあえず……邪魔する奴は片っ端からつぶしていこう。まずはコイツだな」

「ぐぎゃっ!?」

カイムは宿屋の廊下からこちらを覗き込んでいた男の頭部をつかみ、壁に叩きつけた。

卵が割れるような音が鳴って男の頭部が粉砕される。

その男は一見して一般人のような格好をしていたが……領主が送り込んだ刺客、あるいは見張りに違いない。

「血の匂いが隠しきれてないぜ。迂闊だったな」

「く、そ……」

辛うじて息があった男が苦悶の声を上げながらバッタリと倒れる。

カイムは倒れた男の生死すら気に留めることなく、足早に宿屋から出ていった。

領主の屋敷に乗り込んで二人を救出することを決めたカイムであったが……その前に大きな問題があった。

「ところで……領主の屋敷はどこにあるんだ?」

重大な問題である。場所がわからなければ、そもそも乗り込みようがなかった。

「がう……ティーが匂いを嗅いで追跡しますの。後からついてきてくださいですの」

「……頼む」

カイムは今一つ締まらない情けなさを感じながら、ティーの後ろに続いて夜道を歩いていくのであった。

○　○　○

領主の屋敷は町の中央にあった。

カイムが生まれ育ったハルスベルク家の屋敷よりもずっと大きな建物で、周囲は高い塀で囲まれている。同じ領主の屋敷とは思えないほどの差があった。

屋敷の入口には兵士が立っており、塀の外周を同じく兵士が巡回していた。厳重な警備が敷かれているようである。

「がう、ミリーシアさん達の匂いはあの屋敷の中に続いていますわ。間違いありませんの」

「つまり……あそこに二人が捕らわれているわけか。最初の問題は門の前にいる憲兵だな」

最終的に侵入がバレるにしても、騒ぎになるのは後の方がいい。

ミリーシアとレンカがどんな状態なのかもわからないのだ。場合によっては、怪我して動けない二人を抱えて逃げなくてはいけなくなる。

（大騒ぎになる前に脱出したい……まあ、侵入するだけなら問題はないいな）

「ティー、俺の身体に掴まれ」

「はいですわ！」

ティーが言われたとおりにギュッと身体にしがみついてくる。

カイムは腰を落として足に力を溜め、大きく跳躍した。

「闘鬼神流――【朱雀】」

カイムは圧縮した魔力によって空中に足場を作り、ヒョイヒョイと重力を無視した動きで塀を越えていく。

「あ！」

「げ……」

塀を越えて庭に着地すると……ちょうど庭を巡回していた兵士に遭遇した。

兵士は上から降ってきた侵入者に声を上げようとするが、それよりも先にカイムの指先から毒の弾丸が射出される。

「【飛毒】」

「むぐっ………………うう、グー、グー」

男が地面に倒れて寝息を立て始めた。

致死性のある毒物ではなく睡眠薬を使ったのは、明らかな悪党である暗殺者ではない憲兵が領主の悪事に加担しているとは限らないため。そして、血の匂いを嗅ぎつけられるのを防ぐためである。

「とはいえ……俺は弱い毒の扱いが不慣れなんだ。そのまま永遠に寝(ね)ちまったら悪いな。許してくれ」

軽い謝罪の言葉を置いて、カイムは庭を歩いて屋敷の建物に近づいていく。カイムにしがみついて侵入したティーも一緒である。

夜間のため、屋敷の窓は閉ざされていて鍵(かぎ)もかかっている。カイムは壊(こわ)してこじ開けようかと思案するが……少し離(はな)れた場所でティーが手招きしている。

「カイム様、こっちですわ。こっちの窓が開いてますの」

「お、でかした」

カイムとティーはたまたま鍵が開いていた窓から侵入する。

ティーが侵入する際に大きな胸がつっかえそうになっていたが……それはともかくとして、無事に屋内に潜入(せんにゅう)することに成功した。

暗い部屋には誰もいない。客間らしきそこには家具一式が置かれており、廊下に続いていると思われる扉がある。

「問題は二人がどこにいるかだが……基本に忠実に行くのであれば、地下牢(ちかろう)とかに閉(と)じ込められているのかな？」

「がう、匂いが残っていればわかりますわ。とりあえず見て回ってみますの」

カイムとティーが扉を開けると、等間隔に明かりが灯された廊下に人の姿はない。

「カイム様、こっち。こっちから匂いがしますわ！」

「お、見つけたか？」

「がう、間違いありませんわ！　この発情期の犬のような匂いはレンカさんに違いありませんの！」

「発情って……」

カイムは「おいおい……」と呆れ返る。

二人と仲良しこよしの関係でないのは知っているが、その譬えはないだろう。

口の悪いメイドを視線で咎めようとするが……ティーの表情は真剣そのもの。ふざけている雰囲気はない。

「がううう……本当に発情してますの。早く様子を見に行った方がいいですわ！」

「……わかった」

獣人のような超人じみた直感はないが、カイムにも嫌な予感がしてきた。

ティーの案内に従って進んでいくと、そこには下に通じる階段がある。本当に地下室があったようだ。

足音が鳴らないように注意して階段を下りていくと……地下から下卑た声が響いてきた。

「ハッハッハッ！　見ろよ、この女！　なかなか良い身体をしてやがる！」

「澄ました顔してざまあないぜ！　ヒャハハハハハハハハハッ！」

「くっ……殺せ……」

男達の声に交じって聞こえてくるのは悔しさに満ちた女の声。捜し人の一人であるレンカの声だった。

「…………！」

カイムが壁に身を潜めて階下を窺うと、そこは地下牢になっているようだ。

松明の明かりに照らされて、金属の格子で覆われた牢屋と、牢屋の前で騒いでいる二人組の男達の姿が見える。

目を凝らして鉄格子の奥まで見通すと……そこには一人の女性が閉じ込められていた。

案の定、領主によって連れ攫われた捜し人の片割れ――レンカである。

レンカは一糸まとわぬ全裸の格好で閉じ込められており、牢屋の中で座り込んで悔しそうに表情を歪めていた。

「ああっ……私はまたこんな屈辱を……！　んんっ……殺せ、もう殺してくれえ……！」

レンカはプルプルと小動物のように震えながら、両腕で自分の身体を抱きしめている。身体に目立った外傷はない。服を脱がされてはいるものの、乱暴をされたわけでもなさそうだ。

肌を朱色に染めて悔しそうに表情を歪めるレンカは、一見すると牢屋に囚われて怯えているように見えなくもない。だが……よくよく見れば、レンカの顔には『怯え』や『恐怖』以外の感情が見えていた。

その感情は……『情欲』。レンカは牢につながれて裸にされながら、どこか媚びた牝の顔をしていたのである。

「おいおい……マジかよ」

身を隠しながら、カイムは顔をひきつらせた。

ティーが『発情期の犬』と称していたのはこういうことだったのか。流石にこの光景は予想外である。

(あの時のように薬を盛られている……？　いや、違うな。今のレンカからは薬物の気配は感じない)

『毒の王』であるカイムが薬や毒を見逃すわけがなかった。賭けてもいいが、今のレンカは媚薬の類を飲まされて発情しているわけではない。

（まさかとは思うのだが……敵に捕らわれて裸にされたことで興奮して発情した？　いや、変態かよ）

カイムの認識ではレンカはお堅い性格の女騎士のはずなのだが……そんな印象も揺らいでしまう姿である。

見張りらしき男達の視線を受けて小刻みに痙攣する姿からは、実直で真面目な女騎士のイメージが完全に消え失せている。

そこにいるのは一匹の牝。それ以上でもそれ以下でもなくなっていた。

「なあなあ！　もうこの女、犯っちまおうぜ！　こんな発情しきった顔を見せつけられて我慢できねえよ！」

艶姿を見せるレンカにとうとう堪えられなくなったのだろう。男の一方が前かがみになった姿勢で鉄格子に縋りつく。もしも両者を阻む鉄の壁がなかったのなら、勢いのままに襲い掛かっていたことだろう。

「ダメだ、抑えろ。この雌犬はあの女との取引材料だ。領主殿の許可が下りるまで手を出すんじゃねえ」

「あの女って……コイツの連れだよな？　何者なんだよ、領主様が直に話をしたいって」

「さあな。だが……この女を無事に解放することを条件に、領主様はあの女に言うことを聞かせるつもりらしい。コイツを手籠めにするのは交渉が決裂してからだ」

「ってことは……交渉が無事にまとまっちまったら犯れねえじゃねえか！　畜生、蛇の生殺しだぜ！」

　男が苛立ったように鉄格子を叩く。

　非常に興味深い話をしているが……いい加減、カイムの方も限界である。

（これ以上、仲間をさらし者にするわけにもいかないだろ。本人が助けを望んでいるかどうかはともかくとしてな！）

　カイムは床を蹴って、地下牢の前に飛び出した。

　男達がカイムに気が付いて視線を向けるが、彼らが声を上げるよりも先に先制攻撃を仕掛ける。

「フッ！」

　床を蹴り、牢屋の壁を蹴って跳躍する。そのままの勢いで見張りの一方の頭部を蹴りつけて粉砕した。

「ガッ……!?」

「て、テメ……」

「五月蝿せえ、黙れ」

「グアッ⁉」

続けて放たれた抜き手が、もう一人の見張りの頸部を突く。

喉を……その奥にある脳幹と頸骨を破壊されて、男が糸の切れたマリオネットのように床に倒れる。

二人の見張りを無力化するまでにかかった時間は五秒にも満たない。驚異の早業である。

「助けに来たぞ……必要だったかは知らんがな」

「うっ……き、貴様は……」

レンカが顔を上げて、カイムの顔を見つめてきた。潤んだ瞳がカイムを捉えた途端、涙の筋が頬に流れた。

レンカの整った顔立ちはメロメロに蕩けきっており、先ほどよりも情欲の色が強くなったように感じられた。

「あー……助けに来たのだが、やっぱり必要なかったか？」

鉄格子の向こうのレンカを見やり、カイムが困ったように頭を掻く。

裸で震えるレンカであったが……その顔は発情した動物のように情欲に満ちている。

明らかに男達に視姦されることに興奮していたように見えるが、助けに来たのは余計なお世話だったのだろうか。

「……貴様のせいだ」

「あ？」

「貴様のせいだ……貴様と会ってから、私はどんどんおかしくなっている……！」

レンカは自分の身体を両腕で抱きしめながら、そんなことを言ってきた。

「私はこんなふしだらな女ではない。それなのに……貴様と会ってから、あの洞窟で口づけをされてから……私はおかしくなってしまった。裸にされて男達に嘲笑われているというのに、それが嬉しくてたまらない。もしも見つめているのが貴様であったのなら、どれほど良かったか……そんな風に願ってしまうのだ。これも全部全部、貴様のせいだ！　貴様と出会うことがなければ私はこんなふうにならなかったのに……！」

レンカが涙を流しながら訴えてきた。

それは高潔であるはずの女騎士にとって、血を吐くような苦痛を伴う告白だったに違いない。

彼女は間違いなく清廉で真面目な騎士だった。

しかし……あの洞窟で盗賊に媚毒を飲まされ、さらにカイムが体内で生成した薬物を摂取したことにより、心の奥底に隠れていた性癖を発現してしまったのだろう。

真面目な女騎士であるはずのレンカには……否、真面目に己を律していたからこそ、深い場所に抑圧されていた欲望が存在していたのだ。

「お前……洞窟のことを思い出したんだな。俺にキスされたことを。解毒のために薬を飲まされたことも」

「私に何を飲ませたのだ……お前があんなことをしなければ、私は理想の自分でいられたのに。強くて、高潔な騎士でいられたのに……！」

「……それは理不尽だな。文句があるなら死んだ盗賊共に言ってくれ」

カイムは同情しながらも、肩をすくめた。

確かにカイムはレンカに薬を飲ませた。しかし、それは媚毒に冒された彼女達を救うためである。仮にカイムが何もしなかったとすれば、レンカもミリーシアも抑えきれない快楽におかしくなってしまったことだろう。盗賊が二人に飲ませたのはそれほどまでに強力な毒薬だったのだから。

「えーと……カイム様、そこに鍵がありますわ」

カイムの後に続いて地下室に降りてきたティーが、気まずそうな顔で壁に立てかけてある鍵を指差した。

レンカとは目を合わせようともしない。発情した女騎士の告白を聞いてしまい、何もしていないのに悪いことをしてしまったような顔になっている。

「……とりあえず、さっさと牢屋を出るぞ。ミリーシアも助けなくてはいけないことだし。時間が惜しい」

カイムは壁に掛けてあった鍵を使って牢屋を開ける。

へたり込んで涙を流しているレンカに手を差し伸べると……レンカがカイムの腕を引き、そのまま口づけをした。

「んぐっ⁉」

「んんっ……責任を取れ、責任を取って……私のことを蹂躙しろ……！」

「…………」

抑えきれない情愛に瞳を燃やし、レンカが訴えてきた。

カイムは助けを求めるようにティーの方を見るが……虎人のメイドは弾かれたようにカイムから視線を背ける。

「えっと……ティーは何も見てませんわ！　何も知りませんのっ！」

「裏切者……」

「は、早く私を押し倒せ！　私のことをグチャグチャにしろ！」

「馬鹿だろ、お前。いや……やっぱり馬鹿だろ」

カイムは呆れ返って表情を歪め、力任せにレンカを引き剥がした。

「状況を考えろ、淫乱馬鹿女め。お前の大事なお嬢様を救出する方が先だろうが！　ミリーシアを助けて安全な場所に脱出するまで、お預けだ、お預け！　ステイ！」

「お預け、それはそれで犬みたいで嬉しいかもしれない…………わん」

「…………」

この女はもうダメかもしれない。

カイムは『お座り』をした犬のような姿勢で見上げてくるレンカに、そんなことを思ったのであった。

アイテムバッグから取り出した外套をレンカに着せて、カイムらは地下牢から脱出した。

幸い、短時間で見張りを片付けたことで侵入はまだ露見していない。もっとも、それも時間の問題だろうが。

「いずれは見張りがやられていることに気が付くだろう。それまでにミリーシアを救出する」

「お、お嬢様は領主に連れていかれた。どこか別の部屋にいると思うのだが……」

裸に外套を羽織っただけのレンカがそんなことを言ってきた。

先ほどまで発情期の雌犬のようになっていたレンカであったが、服を着たことで一応は落ち着きを取り戻(もど)している。

裸を見られることで興奮してしまっている時点で女騎士として致命的(ちめいてき)な気がするが……とりあえず、カイムはその点については突っ込まないでおく。

「領主がどうしてミリーシアを攫ったのかは知らないが……やることは変わらない。ミリーシアは助ける。邪魔者(じゃまもの)は潰す」

「カイム様、上の階からミリーシアさんの匂いがしますわ！」

「よし、上だな！」

袖(そで)を引っ張ってくるティーに頷(うなず)き、カイムは上の階に通じる階段を上って行った。

できるだけ音を立てないように二階に上がると、そこには長い廊下が伸びており、いくつかの部屋が並んでいた。

部屋の扉はどれも同じようなものだったが……そのうちの一つの前に大柄(おおがら)な体格の男が立っていた。

いかにも屈強(くっきょう)そうな大男は頭部をスキンヘッドにしており、腕や頭部に刺青(いれずみ)をしていた。無法者のようにガラが悪い。町の管理者であるところの領主の屋敷で働いているとは思えない風体(ふうてい)だ。

「まあ……どんな相手だろうとやることは変わらないけどな」

カイムは廊下に躍り出るや、スキンヘッドの大男に指先を向けた。

「【飛毒】！」

「なっ……⁉」

突然、二階に現れたカイムにスキンヘッドの大男が目を剥いた。

男に向けてまっすぐ毒の弾丸が放たれるが……大男は咄嗟に頭部を逸らして、不意打ちの攻撃を避ける。

「悪くない反応だ。そこらの雑魚とは違うようだが……それだけだな」

毒を放った次の瞬間にはカイムは動き出していた。

魔力によって身体能力を強化させ、廊下を一気に駆け抜ける。

「誰だ、貴様は⁉　侵入者が……！」

「知らん、消えろ」

カイムは圧縮した魔力を身体に纏わせて蹴りを放つ。鞭のように鋭い蹴撃が大男の身体に突き刺さり、その巨体を吹き飛ばす。

大男はドアを破って部屋の中に転がり込んだ。部屋の中にはテーブルを挟んで二人の人間がいて、突然の出来事に目を剥いて驚いている。

「なっ……何をしとるんだ、貴様は⁉」

「カイムさん！」

そこにいたのは屋敷の主である領主。そして、喜色を浮かべ、華やいだ声を上げるミリーシアだった。

「悪いな、待たせた」

「いいえ、いいのです！　必ず助けに来てくれると信じておりました！」

カイムが破られた扉から部屋の中に入ると、椅子から立ち上がったミリーシアが駆け寄ってくる。

ミリーシアに怪我はない。地下牢に囚われていたレンカのように服を脱がされたりもしていなかった。どうやら、丁重に扱われていたようである。

涙ぐんで再会を喜ぶミリーシアに、カイムの後ろからレンカが出てきて飛びついた。

「お嬢様！　無事で良かった……！」

「レンカ、貴女も助けていただいたのですね。ああ、何ということ……！　こんなあられもない姿になってしまって……！」

裸の上に外套を羽織っただけのレンカの姿に、ミリーシアが痛ましげに表情を歪めた。

実際には牢屋の中で発情していて、さほど酷い目には遭っていないのだが……それは言わぬが花というやつだろう。

「まさか……侵入者だと⁉　奴らめ、仕損じたというのか……！」

部屋の中にいた領主が奥歯を噛んで唸った。慌てて立ち上がり、声を上げて助けを呼ぼうとする。

「させるかよ！」

カイムは領主が声を上げるよりも先に毒の弾丸を放った。

しかし、領主の前にスキンヘッドの大男が立ちふさがって射線をふさぐ。

「クソ侵入者がッ！　これ以上、好き勝手にさせるかよ！」

「ム……！」

大男の手によって毒の弾丸が撃ち落とされる。

毒に触れてしまった大男もただでは済まないはずだが……上着の袖が焼け爛れ、下から現れたのは金属製の人工物の腕だった。

「義手か……！」

「チッ……コイツがなかったら腕が溶けてたぞ⁉　指から猛毒を放つとは……テメエは本当に人間かよ⁉」

「誰か、誰かいないのか⁉　私の屋敷に賊が侵入してきているぞ！」

大男に庇われた領主が叫んだ。屋敷の中が途端に騒がしくなり、下の階からバタバタと人間が走り回る音が聞こえてくる。

「カイム様！　下から兵士が上がってきますわ！」

「不味い……逃げ場がないぞ⁉」

ティーとレンカが廊下に顔を出して慌てふためく。

どうやら、下の階にいた兵士が二階に上がってきているようだ。

「多勢に無勢か……命拾いしたようだな。ミリーシアが狼藉を受けていたら、領主だろうが貴族だろうが穏便に済ませるつもりはなかったぜ？」

厳密に言うと、レンカは狼藉を受けている気がしなくもないが……本人の問題が大きい気がするので、そこには触れないでおく。

「逃げられると思ってるのかあ⁉　この屋敷には百人以上の兵士がいる。騒ぎを聞きつけて、町の憲兵だって駆けつけるだろうよ！」

答えたのは領主ではなく、主人を庇って立ちふさがる義手の大男だった。カイムは冷笑しながら部屋の壁に左手をつく。

「たかが百人。俺を殺したいのであれば一桁足りないな。とはいえ……ここは退いておいてやるから、感謝しても良いぞ」

「なっ……!?」

カイムが力を込めると……次の瞬間、手を当てた壁が粉々に粉砕された。

外の風景があらわになり、闇夜に閉ざされた街並みが円形に切り取られて見える。

闘鬼神流・基本の型――【応龍】

発剄によってゼロ距離から衝撃を叩きこむ技。射程こそ短いものの、基本の型に属する技の中では、もっとも破壊力に優れている。

「奪われたものは取り戻した。もうここに用はないからな」

「チッ……！」

「そっちこそ、邪魔しなくていいのかよ。逃げるぞ、俺達は？」

「……テメエらを捕まえるのは俺の仕事じゃねえよ。失せろ」

スキンヘッドの大男が吐き捨て、さっさと消えろとばかりに顎をしゃくってきた。その背中から、慌てた様子で領主が声を荒らげる。

「ま、待て。待たんか！　私は許さんぞ！　そっちの娘……ミリーシア殿下だけでも奪い返すのだ！」

「そうはいってもねえ、領主様。俺が動いたら、アンタはすぐに殺されるぞ？」

大男が壁になっているから領主は無事でいられるが……下手に動けば、カイムらが無防備になった領主を襲うことだろう。

領主一人ではカイムはもちろん、ティーやレンカにすら勝つことはできないのだから。

「ぐ、ぐぬぬぬぬ……」

「さあ、行くぞ！　俺の身体に掴まれ！」

「はいですの！」

「ああ、先を越されてしまいました！」

「……………」

ティーが間髪を容れずにカイムに飛びつき、後からミリーシア、レンカもしがみついてくる。

兵士の足音がすぐそばに迫ってきて……彼らが部屋に飛び込んでくるよりも先に、カイムは窓枠に足をかけて夜空に飛び出した。


「領主様！　ご無事ですか⁉」

異変を聞きつけて、複数人の兵士が部屋の中に流れ込んできた。

先頭の兵士が主君の安否を確認するが、領主はそれを無視して壁に開いた穴に駆け寄る。

「ああ……逃げてしまったではないか！」

カイム達が窓から飛び出し、そのまま夜闇に消えていった。もはやその姿はどこにもない。
領主は怒りのあまり顔面を真っ赤にして、護衛の大男に怒鳴り散らす。

「この……貴様が不甲斐ないばかりに『あの御方』に逃げられてしまったではないか！　あの方を味方にすることができれば私の地位を大いに高めることができたというのに……この馬鹿者！　無能者が！」

「……へいへい、俺が悪うございました」

詰め寄ってくる雇い主に、スキンヘッドの大男が辟易したように肩をすくめる。義手で毛の生えていない頭部を掻きながら、まさに部屋に飛び込んできた兵士に目を向ける。

「そんなことより……連中を追いかけなくて良いんですかい？　兵士達に指示を出して欲しいんですが？」

「そうだった……おい、お前達！　早く侵入者を追うのだ！　男は殺しても構わないが、女は無傷で捕らえよ！」

「ハッ！　承知いたしました！」

領主の指示を受けて、兵士達が慌てた様子で部屋から出ていく。再び、部屋には領主と大男だけが残される。

「貴様も早く行かぬか！　この穀潰しめ！」

「……そりゃあ別に構いませんが、俺まで出ていったら領主様を守る人間がいなくなってしまいますぜ？」

「フンッ！　曲者はもう逃げてしまったのだ。今さら役にも立たない護衛をそばに置いて何の意味がある！」

　領主は悪態をつきながら、ダンダンと音を鳴らして地団太を踏む。

（ようやく運が向いてきたと思ったのに……隣国が所有していた船を潰して交易を牛耳り、おまけに『あの御方』まで手中にできたチャンスがあったのに……！）

　悔しそうに奥歯をギリギリと鳴らす領主。実のところ、この男こそが空賊を招き入れて船を襲わせた張本人である。

　隣国――ジェイド王国が保有していた船に空賊をけしかけて沈めさせる。隣国が交易船を失ってしまえば、船を保有しているフォーレの領主が物流を掌握することができる。これまで以上に大きな利益を手に入れ、私腹を肥やすというのが領主の計画だった。

　沈んだ定期船にミリーシアが乗っていたのは偶然である。港でたまたまミリーシアの姿を目にした領主は、彼女を手中に収めてさらなる飛躍のために利用するつもりだった。

「あわよくば、この私の妻にしてやろうと思っていたのに……まさか、逃がしてしまうとはな！」

「いやー、そりゃあ無理でしょう。アンタとあの方じゃあ年齢(ねんれい)もルックスも差があり過ぎる」

「まだいたのか！　さっさと奴らを捕まえて……ムウ？」

いつまでも部屋から出ていこうとしないスキンヘッドの大男に怒鳴りつけようとする領主であったが、怪訝(けげん)そうに眉根(まゆね)を寄せた。いつの間にか部屋に黒髪(くろかみ)の女性使用人が入ってきていて、大男の隣(となり)に並んでいたのである。

「おい、メイドを呼んだ覚えはないぞ。どうしてここに……」

領主は最後まで言葉を続けることができなかった。大男が腕を振(ふ)るい、領主の喉を義手で突いたのである。

「ガッ……!?」

「すいませんねえ、雇い主様」

「き、さっ……」

領主が激痛のあまり床にうずくまる。呼吸が詰まって息ができず、声を出すこともできなかった。

「どうやら、アンタの役目は終わったみたいでね。ここで死んでもらいますよ」

「な……が……」

「アンタはよくやってくれましたよ。隣国の船を焼いて両国の友好関係に罅を入れて、国境を不安定にさせてくれた。このままアンタが死んでくれたら、ますます良い。隣国との関係が緊迫化して『カオス』が生まれる……我らが主の期待通りにね」

「ある、じ……？」

　領主が床で悶絶しながら、大男を見上げる。その隣にいる黒髪の使用人が眉をひそめて、大男の脇腹を小突く。

「しゃべり過ぎです。早く仕事をしなさい」

「へいへい……」

　大男が肩をすくめて、義手を振り上げる。

「安い給料でこき使ってくれて感謝しますよ。臭い飯、ごちそうさん！」

「やっ……」

　領主が制止の言葉を絞り出そうとするが、大男が義手を振り下ろした。

　領主の頭部が金属製の義手によってグチャリと破壊され、血液と脳漿が床に広がった。

「さて……仕事完了。それじゃあ引き上げますか」

「ええ、行きますよ」

　大男と黒髪の使用人は混乱に紛れて屋敷から出ていった。

彼らが何者であったのか。どんな思惑で動いていたのか。

それは領主はもちろん、屋敷から逃れているカイム達にも知りようがないことである。

○　○　○

「ここまでくれば一安心……で、良いんだよな？　多分？」

「……はい、大丈夫なはずです」

「がうっ、追手の気配はありませんの」

「そうか……だったら、問題はないな」

ミリーシアとレンカの返答を聞いて、カイムは抱えていた三人の身体を下ろした。

領主の屋敷から逃げ延びたカイム達はフォーレの町から出て、近くの森に身を隠した。

本当はもっと距離を取りたいところだが……女性とはいえ三人を抱えた状態で【朱雀】を使い続けるのは、カイムの力量であっても至難である。

幸い、鬱蒼と生い茂る木々が四人を覆って追手の目をくらませてくれていた。昼間であったとしても、この森で人捜しは難しい。夜であればなおさらだった。

「とりあえず……ここで朝になるのを待つか。マジックバッグは持ってきてある。食料や水の心配はいらない」

町のトップである領主を敵に回したのだ。もはやフォーレには戻れない。野宿になってしまうが、森の中で夜を明かすより他に手段はなかった。

カイムはバッグから取り出した野営用のレジャーシートを地面に敷き、そこに座るように他の三人を促した。中央に明かりを灯したランタンを置いて話を切り出す。

「それで……どうして攫われることになったのか、事情を話すつもりはあるか？」

「…………」

疑問を向けられたのはミリーシアである。

金髪の令嬢は唇を噛んでうつむいており、その隣に気遣わしげにレンカが寄り添う。

「別に話したくないのであれば無理にとは言わない。報酬こそ受け取っていないが、俺は雇われた人間だ。たとえ何も教えてくれなかったとしても、お前のために戦うことだろう」

「…………」

「だが……話してくれれば出来ることだってあるはずだ。事前に事情を知っていれば今回の襲撃も防げただろうし、これからもあるいは……」

「大丈夫です。ちゃんとお話ししますから」

カイムの言葉を切り、ミリーシアが口を開く。

「本当はもっと前から話したいと思っていたのです。しかし……タイミングを逸してしまい、ついつい先延ばしにしてしまいました。カイムさんを信用していないわけではありませんし、むしろ私のことを知って欲しいと思っています」

「………………」

「まずは、改めて自己紹介をさせていただきたいと思います。私の名前はミリーシア・ガーネットと申します」

ミリーシアは胸元に手を当てて、そう名乗りを上げた。

「そういうことか……合点がいった」

「がう……カイム様、ガーネットって……」

「ああ、この国の……ガーネット帝国の国名だな」

袖を引いてくるティーに答えながら、カイムは眉間にシワを寄せて思案する。

(薄々、そうではないかと思っていたが……まさか予想通りだったとはな)

ミリーシアの立ち居振る舞いから、最低でも高位の貴族。やんごとない身分の生まれだと思っていた。

貴族でありながら家名を隠していること、収納魔法付きの指輪という国宝級のマジックアイテムを持っていること……ヒントはこれまで出ていたのだ。

(極めつけは……あの領主が叫んでいた言葉だな)

逃げ去ろうとするカイムらに向かって、領主ははっきりと叫んでいた。

『そっちの娘……ミリーシア殿下だけでも奪い返すのだ！』

殿下という敬称が何を意味するのかわからないほど、カイムとて無知ではない。

ミリーシアは皇族。ガーネット帝国の皇帝と血のつながりがあるのだろう。

「はい、お察しの通り。私はガーネット帝国が皇帝の娘。第一皇女にあたります」

秘密を明かすことができたからか、晴れやかな表情でミリーシアが言う。

秘密にしていたことを明かして肩の荷が下りているのだろうが……はっきり言って、カイムの方は逆に気分が落ち込んでいた。

(おいおい……抱いちまったぞ。皇女殿下を)

カイムはやむにやまれぬ事情があったとはいえ、ミリーシアのことを媚薬効果のある毒で発情させたあげくに抱いていた。

(皇女の純潔を奪ったってどれくらいの罪になるんだろうな？　無期限の幽閉……あるいは、シンプルに死刑とか？)

別に官憲に追われることが怖いわけではない。カイムであれば、百や二百の兵士など物の数ではないだろう。

しかし……平穏を求めて帝国に移住してきたというのに、そのせいでトラブルの渦中に巻き込まれるというのは何とも納得がいかないことである。

カイムは首を振って鬱屈とした気分を振り払い、ミリーシアに質問を投げかける。

「……身分を隠していた理由は分かった。帝国皇女なんていう肩書、軽々しくは名乗れないよな。だけど……どうして皇女がジェイド王国にいたんだ？　身分を隠して、わずかな護衛だけを連れて」

「その理由を説明するには、まずは帝国の皇室で起こっている問題について話さなくてはいけません。今から一年前、我が父——十八代皇帝であるバルトロマイ・ガーネットが病に倒れて意識不明の状態となりました」

「皇帝が意識不明って……結構な大事だよな？」

「はい、他国に隙を突かれないように表向きは伏せられています。父の病を知っているのは皇族と上級貴族、一部の信頼された臣下だけです」

ミリーシアが晴れやかな表情から一転、暗い表情へと変わる。

「ただ……問題はそこではないのです。皇帝が病になったことがきっかけで、次期皇帝の座を巡って跡目争いが起こってしまったのです」

「跡目争い……」

「現・皇帝には三人の妃がいて、それぞれが子を一人ずつ産んでいます。私と二人の兄です。兄達はお父様が病床に臥せていることを良いことに、次期皇帝の椅子を巡って水面下で争いを繰り広げています」

「がう……それじゃあ、ミリーシアさんはどうして、そんな大変な時に隣国に行っていましたの？」

ティーが三角の獣耳をピクピクと動かしながら訊ねた。それは含むところのない素朴な質問だったが、ミリーシアは唇を噛んで辛そうな表情になる。

「ランス兄様……第二皇子が私のことを逃がしてくれたのです。政争に巻き込まれないように、継承争いに利用されないように、隣国に亡命することになりました。本当は私も国のために皇女としてやれることをしたかったのですが……いえ、これは言い訳です。逃げた私の都合の良い欺瞞ですね」

暗い表情でうつむいていたミリーシアであったが、強い意志を込めた眼差しになって顔を上げる。

「しかし……私は結局、帝国に戻ってきました。亡命する途中で盗賊に襲われ、偶然にも帝国に行かんとしているカイムさんに出会いました。その時、私は天啓を感じたのです。帝国に戻るようにと。皇族としての義務を果たすようにと神の意思を感じたのです！」

「神の意思……ね。俺がそうだというのなら大きな勘違いだと思うけどな」

カイムは『魔王級』の魔物である『毒の女王』の力を有していた。

宗派によって違うのだろうが……神の敵と呼ばれても否定できない立場である。どこかの教会に存在がバレたら、討伐隊を送り込まれる可能性もあった。

(『毒の王』である俺が天啓とは、腹を抱えて笑い転げたい気分だ……この旅の行く末が心配になってくる発言だよな)

「……それじゃあ、町の領主がミリーシアのことを拉致したのも権力争いが原因か？　随分と強引というか、執着していたように見えたが？」

「フォーレの町の領主は中立派なので大丈夫だと思ったのですが……どうやら、私がジェイド王国に出ていた間にアーサー兄様、つまり第一皇子側に鞍替えしたようです。私を捕らえてアーサー兄様に引き渡すことが目的だったようですね。私はどちらかと言えばランス兄様と親しかったので、人質にでもするつもりだったのかもしれません」

「うーん、なるほどな……つまり、俺達がこれからとるべき行動は……」

「……す、すまない。ちょっといいだろうか」

「ん？」

話の途中でレンカが右手を上げてきた。それまでジッと黙っていたはずの女騎士がプルプルと小刻みに震える手で何事かを主張してくる。

「どうしましたか、レンカ？　そんなに震えて……まさかどこか身体の調子でも悪いのですか？」

「違うのです、姫様……そうではなくて、そうではないのですが……ああ、もう堪えられないっ……！」

レンカは涙目になって「キュッ」と唇を噛んだかと思うと、突如として羽織っていた外套を投げ捨てた。

「なあっ⁉」

カイムは驚きに身体をのけぞらせた。

牢屋に捕まっていた時に服を脱がされたことにより、レンカの外套の下は一糸纏うことなき全裸となっている。

レンカは森の中で急に裸になって、カイムの身体にしがみついてきたのだ。

「もう……もう、『おあずけ』は限界なのだ……！　頼む、お願いだから……私をムチャクチャに調教してくれえっ‼」

レンカは涙ながらにそんなことを訴えて、カイムの胸板に張りのある乳房を押しつけてきた。

「ちょ……何を言っているのですか、レンカ⁉」

レンカの突然のカミングアウトを目にして、ミリーシアが勢い良く立ち上がる。

信頼していた女騎士。自分の護衛である彼女が男に縋りついて「ムチャクチャにしてくれ」などと淫乱なことを言い出したのだから当然だろう。

「も、申し訳ございません……姫様。領主の屋敷に囚われていたころからずっと我慢していて、もう限界なのです……！」

レンカは主人に謝罪すると、涙に潤んだ瞳をカイムに向けてきて訴える。

「カイム殿……お願いだから、今すぐにでも私のことを犯してくれ！　物のように、奴隷のように乱暴にして欲しい！　私は貴殿に蹂躙されたくて仕方がないのだ！」

「お……おおう……⁉」

カイムが激しく動揺してたじろいだ。

牢屋でレンカを助けたときから……否、初めて抱いた時から、レンカが特殊な性癖を持っていることはわかっていた。わかっていたのだが……真面目な話の最中に調教を求めてくるとはさすがに予想していなかった。

カイムはどうにか心を落ち着けるべく、一旦、レンカのことを引き剥がそうとする。

「がうっ、ズルいですの！　ティーだって我慢していたのに、レンカさんばっかり抜け駆けしないで欲しいですわ！」

だが……そんなカイムにさらに追い打ちが浴びせられる。裸で迫るレンカを見たティーが対抗心を燃やし、服を脱ぎだしたのだ。

銀髪の虎人であるメイドが小気味よく服を脱いでいく。カイムが買ってあげたばかりの赤い下着姿になると、ずずいっとカイムに詰め寄った。

「ティーのこともいっぱい抱いて欲しいですの！　今日は後ろからして欲しいですわ！」

「お前も何を言ってんだ⁉　状況を考えろ、状況を！」

驚天動地の連続にカイムも本格的に焦りだす。

ミリーシアが皇女であることが判明して、町の領主によって追われる身となり……森に潜伏して追っ手を撒いている最中だというのに、どうして自分は女性二人に迫られているのだろうか。

カイムは助けを求め、この場にいる最後の人間であるミリーシアに目を向けるが……美貌の皇女はスクッと立ち上がってプルプルと拳を震わせている。

「二人とも……いい加減にしなさい！」

「そ、そうだぞ！　ミリーシアの言う通りだ！」

「私だってカイムさんとセックスがしたいのですよ⁉　私だけ除け者にするなど許せませ

んわ！」

「ああ、そうかよ！　薄々そんなことになるんじゃないかと思ってたよ!!」

カイムは頭を抱えて絶望の叫びを上げる。

二度あることは三度あるという言葉があるように、レンカとティーが発情しだした時からこうなるのではないかと思っていた。

「領主の屋敷から助けていただいた時から、ずっと胸の高鳴りが止まらなかったのです。惚れた……いいえ、惚れ直したというべきでしょうね。私が添い遂げるべき相手はカイムさんであると改めて確信いたしました！」

ミリーシアは「負けてたまるか！」とばかりに着ていたドレスを脱ぎ捨てて下着になる。

夜の森にまぶしい純白の下着姿の美女が出現した。

すでにカイムに迫っている二人に交じり、柔らかな肢体を押し付けてくる。

「さあ、押し倒してくれ！　お尻を叩いたりしてくれるとすごく嬉しいぞ！」

「ティーがいっぱいご奉仕しますわ。とりあえず……ズボンを脱ぎましょうか」

「帝国皇女である私をこんないやらしい女にしたのです。もちろん、責任は取っていただけますよね？」

「………………」

それぞれ、肌色多めの姿になった三人の女性が迫ってくる。

こうなってしまうと、カイムにはもはや抵抗の手段はない。求められるがままに欲望の波に身をゆだねるしかなかった。

（責任……か。多分、これも俺の毒が原因なんだろうな……）

擁護するわけではないが……レンカとティー、ミリーシアも本来はこんな節操なく迫る淫乱女ではないはず。彼女達が状況を忘れて求めてくるのは、『毒の王』であるカイムの体液を摂取してきたからに違いない。

ファウストが解説していたが……カイムの体液には強い催淫効果がある。おそらく、依存性も。

三人はそれぞれ体液を摂取したことでカイムの虜になっており、さらに窮地を救われたり夜のデートを楽しんだりしたことがきっかけとなり、体内に残っている『毒』が刺激されて発情状態となってしまったのではないか。

（コイツらはもう俺から離れられない。狙ってやったことではないが……それでも、自分がしたことに責任を取らなくちゃいけないんだろうな）

カイムは降参するように溜息をついて両手を挙げる。

何だかんだと言ったところで、カイムも結局は三人に好意を抱いているのだ。

距離を取って『毒』が抜けるのを待てば魅了も解けるかもしれないが……今さら、三人を捨てることなど考えられなかった。

「俺も男だ！　腹を括って全部ぜんぶ受け止めてやるから、まとめてかかってきやがれ‼」

カイムは獣が吠えるように叫んで、上着を脱ぎ捨てたのであった。

木々が生い茂った森の中。ランタンから滲むオレンジの光の下で、一人の男と三人の女が裸になっている。

(何度か身体は重ねたが……三人まとめてというのは初めてだな)

目の前の美女・美少女の身体を見やり、カイムは感嘆から息をつく。

ティー、ミリーシア、レンカ……三人とも体格や乳房の大きさ、脚の長さなどは異なっているものの、いずれも類まれな美貌の持ち主である。

三者三様に咲き誇った華は美麗にして凄艶。男であれば誰しもむしゃぶりつきたくなるような激しい色香を放っている。

「それじゃあ……最初はレンカに譲ってあげます。ティーさんも構いませんよね？」

誰から抱くべきかとカイムが悩んでいると……ミリーシアがそう切り出した。

「え、私が先でよろしいのですか⁉」

「はい……だって、貴女はもう限界でしょう？」

ミリーシアが自分の護衛騎士を労わるように微笑む。

三人とも発情しているようだが、もっとも酷いのはレンカである。牢屋にいた頃からお預けを喰らっていたのだから特に重症だ。

「がう……別にいいですの。『貸し』にしておきますわ」

すでに股の下を濡らしているレンカの姿に、ティーも渋々ながら同意する。

「ありがとう。この恩は忘れない……！」

二人の『姉妹』から許可を得て、レンカがサプライズプレゼントを貰った子供のように表情を輝かせた。

「カイム殿、それではよろしく頼む……！」

レンカが発情した顔のまま、カイムの前におずおずと進み出てきた。

すでにレンカは全裸になっており、ランタンの明かりの中に余すところなく白い肌がさらされている。

張りのある大きな乳房が、腹筋で締まった腰が、そして……髪の毛と同じく赤い色をした『聖域』がカイムの前に差し出された。カイム以外に触れたものがいないであろうそこはすでにグッショリと水気を湛えている。

「何というか……よく我慢したな。偉いぞ」

カイムは気恥ずかしさを誤魔化すために咳払いをしつつ、ずっと快楽に耐えていたレンカにご褒美を与えることにした。

「頑張ったことだし……できるだけ、そっちの要望に応えるよ。何か俺にして欲しいことがあるか？」

「わ、私の願いを聞いてくれるのか……？」

「出来る限りな……無理なことは無理だぞ？」

「嬉しい……だったら、カイム殿！　どうかこれを使ってはもらえないだろうか⁉」

「これは……？」

レンカが荷物から取り出した物を見て、カイムは不思議そうな顔をした。

目の前に現れたのは長いロープである。いったい、これで何をしろと言うのだろう。

「こ、これで私の身体を縛って欲しい……できるだけ強めに」

「…………は？」

レンカが頬を真っ赤に紅潮させて告げてきた願いに、カイムは目を白黒とさせる。

「えっと……縛る？　このロープで？　それに何の意味があるんだ？」

カイムはつい先日、童貞を卒業したばかりである。肉体こそ成人しているものの、性的な知識は薄い。カイムの頭の中には、ロープに縛られて悦ぶ人間がいるという発想そのものが存在しなかった。

「だ、大丈夫だ……やり方は私が知っている。ちゃんと調べてきたから、私が指示する通りに縛ってくれ……」

「…………そうか」

順番待ちをしているティーとミリーシアにさりげなく視線を向けると、二人とも戸惑ったような顔をしながらも、頷いてゴーサインを出してくる。

カイムは仕方がなしにロープを受け取った。指示を受けながら、不慣れな手つきでレンカの肢体に巻きつけていく。

「そ、そうだ……それで問題ない。そこに巻きつけて後ろに回して、それから強めに引いて……あおんっ！」

キュッとロープを引くと、レンカの口から犬の鳴き声のような嬌声が漏れた。

「んくっ、んあぁっ……」

「……おい、大丈夫か？　言われたとおりにキツめに縛ったけど、痛くないのか？」

「い、痛い……だけど、縄が食い込んで痛いのが気持ちいい……！」

レンカが肌にロープを食いこませて、感じ入るように頬を緩ませる。

普段は凛然としている女騎士の顔が快楽に蕩けており、恍惚に染まっていた。

「ム……」

(白い肌を縄が侵略して赤く染まる姿。相手の女性を自分の所有物のように扱う感覚……なるほど、意外と悪くないかもしれないな)

カイムの目線が自然と縛られた女体に引き寄せられる。

特に目を引いてくるのはやはり豊かな乳房だ。膨らみの上下をロープが通り、乳肉を絞り出して強調する。白肌の美しさを汚すように這っている暴力的なロープの姿に、カイムは倒錯的な魅力を感じていた。

レンカが快楽に染まる一方で、カイムの側も女性を縛ることの愉悦に気がついてしまう。被虐癖の変態女騎士のせいで新しい境地を開発されてしまった。カイムは自らの内心に起こった変化に戸惑いながらも縄をさらに強く締める。

「んあおっ……カイム殿、もう。もう……」

「ああ、わかってる」

物欲しげに見つめてくる瞳に応えて、カイムが手を伸ばす。ロープによって強調された膨らみを強めに掴んだ。

ロープで強調された乳肉を無遠慮に揉みしだき、指の感触をしっかりと刻み込む。

「ああんっ！」

新たな刺激を受けて、レンカが裸身を海老反りに仰け反らせる。その動きによってロープが引っ張られて肌が刺激され、さらなる快楽が全身を駆け抜ける。

「はんっ、くううっ、ふうううううっ……ああ、気持ちいい……くっ、殺せえ……」

「そんな蕩けきった顔で何を言ってやがる……本当にスケべな騎士だな」

「んはあ、馬鹿にされるのも、好きだ……もっと酷いことを言ってくれえ……」

「変態。卑しい雌犬。ダメ騎士、発情雑魚女。貞淑な女騎士の皮を被ったエロ娘」

「んあああああああああああああっ！」

レンカが一際強く鳴いた。

胸をまさぐる掌の感触。全身を縛りつけるロープの痛み。そこに罵倒されることへの精神的な屈辱が加わり、レンカは瞬く間に昇り詰めていく。

全身を激しく痙攣させたレンカは「ブシャリ」と妖しい水音を立てると、そのままくったりと頽れる。

縛られているせいだろうか……うつ伏せに倒れたレンカは尻を上に突き上げるような体勢で脱力しており、ロープでガッチリと絞められた肢体がカイムの前にさらされている。

「ハア……ハア……ハア……」

「……ここまで挑発的な格好をしておいて、やめろとは言わないだろうな」

「ひぐうううううううううううっ⁉」

カイムは力なく揺れている尻からロープをずらし、レンカの下半身を抱きかかえるようにして覆いかぶさった。

絶頂したばかりのところに追撃を喰らい、レンカが再び絶叫を上げる。


「ふ、あ……あっ……」

半時ほどの行為が終わり、レンカが完全に地に沈む。

カイムは全身をグチャグチャに濡らしたレンカの身体からロープを外し、絞めつけられた柔肌を解放してやる。

「フウ……とりあえず、こっちは済みだな。俺の方も満足だが……」

「カイム様……」

「カイムさん……」

「……こっちはそうもいかないよな。知ってたよ」

縛りプレイという新たな境地に踏み出したせいで周りが見えなくなっていたが、ここにはまだ二人も発情した牝が残っているのだ。

ティーとミリーシアが瞳にハートマークを浮かべて、ジリジリとにじり寄ってくる。

レンカとの行為をずっと見ていたおかげで興奮しきっており、こちらも発情が限界に達しているようだ。

「……よし、覚悟は決まった」

レンカを抱き倒した満足感から一転して、カイムは新たな戦いを前に気合を入れ直す。

「来いよ、二人まとめて遊んでやる！」

カイムが叫ぶと同時に、ティーとミリーシアが襲いかかってきた。

朝日はまだ遠く、森で過ごす夜は始まったばかり。

カイムの戦いは、まだまだこれからである。

獣が共食いをするような激しい夜が明け、ようやく朝がやってきた。

「カイムさん、私達はこれから帝国の中央にある帝都に向かおうと思うのですが……何か意見はありますか？」

「……ねえよ。好きにしやがれ」

ミリーシアの提案に、カイムはおざなりな様子で答えた。

身体が重い。疲(つか)れが残っていて頭がフラフラしているのは、決して慣れない野宿が原因ではあるまい。

（……ほとんど眠(ねむ)れなかったな。さんざん求めてきやがって）

いくらカイムが闘鬼神流(とうきしんりゅう)を修めた武芸者であるとはいえ、一人の男でしかない。三人の女性から明け方近くまで求められて、完全な寝不足(ねぶそく)になっていた。

（出来ることなら昼近くまで寝(ね)ていたいところだが……悠長(ゆうちょう)に泣き言を口にしている場合じゃないな。早めにここを離れないと）

フォーレの町で領主と一悶着を起こしたことで、カイル達は追われる身となっているだろう。すぐにこの森まで追跡の手が伸びてくるとは思わないが、早めにここを離れるに越したことはない。

カイム達は朝日が昇るのと同時に出立することにした。広い帝国のどこに敵がいるかはわからないが、それでも前に進まなくてはいけない。

主人であるカイムとミリーシアが倒れた木の幹に腰かけて座っており、ティーとレンカが出発前に野営の片付けをしていた。

「帝都にはアーサー兄様とランス兄様がいます。二人の兄を説得して、これ以上の争いが起こるのを止めましょう！」

言いながら、ミリーシアはカイムの腕に抱き着いてしなだれかかってくる。

皇女であるミリーシアの顔は輝くように肌艶が良く、森で野宿したことをまるで感じさせないほどの美貌だった。

「帝都に向かうのは良いのですが……二人をどのように説得して、継承争いを止めるですの？」

尋ねたのは、メイド服を着たティーである。

ティーは地面に設置していたテントを畳みながら、時折、手に持った干し肉をかじっていた。獣人で肉が好物のティーはガジガジと肉を咀嚼しながら作業を進めている。

「とりあえず、ランス兄様と話をしようかと思います。アーサー兄様はとても好戦的な方ですから、皇帝になってしまえば、積極的に他国に外征をする恐れがあります。ランス兄様であればそのようなことはないはず。二人の兄の正面衝突を防ぎつつ、最終的にはランス兄様に皇帝になっていただくのが理想ですね」

「そう上手くいくとは思えませんの。話し合って納得できないから、二人の皇子は喧嘩をしているんじゃないですの？」

「ティーの言うとおりだ。正直……俺も血を見ずに終われるとは思えない」

カイムはかつて、実の父親や妹と反目していた。

血のつながりや家族の絆が絶対のものであるなんて甘っちょろい幻想にすぎない……それは我が身をもって思い知っている。

「ただでさえ、母親違いの複雑な兄妹なんだろう？　そこに次期皇帝のイスなんてお宝がかかっていて、相手を立てられるわけがない。水面下での権力争いで済めば上等。最悪の場合、内乱にまで発展するんじゃないか？」

「……わかっています。二人を止めるのが至難であることは。それでも、私は帝国皇女としてやらなければいけません」

カイムの苦言を、ミリーシアは毅然とした表情で受け止める。

「内乱が起こって、傷ついてしまうのは無辜の民です。帝国の国民同士で殺しあうだなんて不毛なことはあってはいけません。それだけは、絶対に回避しないと……」

「姫様……」

覚悟を語る主人に、レンカが作業の手を止めて感極まったように瞳を潤ませる。

「この旅を通じて、本当に立派になられました。姫様が覚悟を決めておられるのでしたら、このレンカはどこまでもついていきます……！」

「レンカ、ありがとう……」

ミリーシアとレンカは見つめ合い、お互いの絆を確認する。

そんな二人を横目に眺めて……カイムは手で口元を覆って、表情が歪みそうになるのを堪えた。

(良いことを語っているけど……この二人、特にレンカはとんでもない醜態をさらしたばっかりだよな？)

ミリーシアもさんざん喘いでいたが……レンカなんて、ロープで全身を縛られて悦びの声を上げていた。

昨晩、アレだけのことをしておいて、二人は何事もなかったかのように澄ました顔で言葉を交わしている。彼女達が酷く滑稽に見えてしまうのは、カイルの心が邪に汚れているからだろうか？

「いっそのこと、ミリーシアさんが新しい皇帝になったらいいですの。そうしたら、万事解決ですわ」

カイムが謎の衝動に耐える傍らで、テントを片付け終えたティーが名案だとばかりに両手を合わせた。

「喧嘩両成敗。二人が争っているのなら、その隙にミリーシアさんが皇帝のイスを奪って、お兄さん達をとっちめてしまいますの。そうすれば内乱が起こることもありませんし、二人とも懲りますわ」

「ご冗談を。私に皇帝は務まりませんよ」

ミリーシアが自嘲気味に苦笑した。

「帝国は実力主義の国。兄皇子を押しのけて女帝が立った例がないわけではありませんが……私は母の身分が低くて後ろ盾も弱いです。神殿に勤めていたことがあるのでそれなりに民の支持はありますけど、それだけですから。アーサー兄様とランス兄様に勝てるものなどありませんよ」

「残念ですの……ミリーシアさんが皇帝になれば、カイム様が帝国の頂点に君臨できると思ったのに」

「それが狙いかよ……」

はっきりと認めたわけではないが、カイムは何度となくミリーシアと身体を重ねており、事実上の夫であると言えるだろう。

帝国皇女の操を奪ったのだから、相応の責任を取らなければいけない。ミリーシアが皇帝になったのであれば、伴侶となったカイムは帝国の支配者になれるだろう。

「俺は別に権力とかどうでもいいんだが……」

「カイム様には相応しい立場があると、ティーは常日頃から思っていますの。ただの旅人で終わったりはしませんわ。少なくとも、あの男……ハルスベルク伯爵を越える地位についてもらわなくては、ティーの溜飲が下がりませんの」

「ム……」

父親の名前を出されて、カイムは眉を撥ねさせた。

別に権力や地位を欲してはいない。父親はすでにぶちのめしており、今さら憎しみなどは残っていない。

だが……それでも、ジェイド王国の貴族であるハルスベルク伯爵を越える立場を手に入れて権力者としても勝ってやったら、さぞや胸がすくことだろう。

「確かに……悪くないな。官人としてもあの男より上の立場に立ってやったら、何かの折に顔を合わせた時にマウント取ってやれる。アイツの悔しがる姿が目に浮かぶな」

「そうですわ！　カイム様は本来であれば、ハルスベルク伯爵家を継ぐことになる御方でしたもの！　最低でも伯爵以上の地位になってもらわないと、ティーの気が済みません！」

「どうして、お前がそんなに拘っているんだよ……まあ、俺のためか」

ティーがここまでカイムの立場に拘泥しているのは、ハルスベルク伯爵家でないがしろにされていたカイムに、相応しい地位に就いてもらいたいと思っているからだ。

主人にどこまでも昇っていってもらいたいと願うのもまた、メイドの嗜みなのである。

「帝国であれば、相応の手柄を立てれば貴族にだってなれますよ。高名な冒険者が侯爵の位を得たという例もありますし」

「そうだな……どうせ夢や目標があるわけでもないし、暇つぶしに高みを目指してみるのも悪くはないかもしれないな」

カイムが冗談めかして肩をすくめると、同時に野営の後始末が終わった。

「フウ……これで全部だな」

荷物の片づけを終えて、レンカがミリーシアに顔を向ける。

「これでいつでも出発できますが……どうしますか、姫様？」

「出発しましょう、カイムさん」

ミリーシアが切り株から立ち上がり、カイムを促す。

「ああ……行くか、帝都へ！」

カイムもまた眠気の残る身体に鞭を打って立ち上がり、出発を宣言するのであった。

○　○　○

森を出たカイム達は、ガーネット帝国の中央にある帝都に向けて出発する。

最初は帝都に直通している街道を通り、まっすぐ東に進む予定だった。しかし、土地勘のあるレンカから、そのルートで行けば人目につきやすく、ミリーシアの身柄を狙っている者達に捕捉される可能性が高いという意見が入れられた。

そのため、あえて最短ルートである東の街道を避けて、北回りのルートを通って帝都に向かうことにした。

幸運なことに、北の街道に足を踏み入れたところでカイム達は馬車を拾うことができた。

大きめの幌馬車にはすでに旅人や商人、冒険者らしき者達、フードを被った訳ありそうな女性などが乗り込んでいる。

帝国では定期的にこういった馬車が出ており、交通の便として町々をつないでいた。

カイム達は空いていたスペースに座って、断続的な揺れを受けながら北の町へと向かっていく。

（やれやれ……偶然、助けた女性が隣国の皇女様で、おまけに継承争いに巻き込まれてしまうとはな……どんな人生だ）

移動時間中、手持ち無沙汰になったカイムはこれまでの旅を振り返った。

ほんの少し前まで、故郷で毒の呪いに侵されて腐っていたというのに……思えば、遠くまで来たものである。

（まるで物語の主人公にでもなったようじゃないか……ガキの頃に読んだ絵本かよ）

ミリーシアらを盗賊から救い出したことに後悔はない。砂粒ほどもない。

だが……そこまで深い考えもなく行った善行により、国を巡る争いに巻き込まれてしまったことを思えば、天の配剤に理不尽を覚えずにはいられない。

『呪い子』として生を受けたことといい、改めて自分の不運さを思い知り、神仏を呪いたくなる気分だった。

（とはいえ……他人の目には俺が不幸だなんて見えないんだろうな。こうも女ばかり連れているんだ。さぞや幸運な男に見られているだろうよ）

「カイム様、どうかされましたの？」

黙って考え込んでいるカイムの顔をティーが覗き込んでくる。気遣うような赤い瞳に疲れ切ったカイムの顔が映し出された。

「長い移動で疲れましたの？　眠たくなっているのならティーが枕になりますから、遠慮なく使ってくださいな」

「ム……」

ティーが膝をポンポンと叩いて誘ってきた。

別に眠くて黙っていたわけではないが、昨晩、あまり眠れなかったのも事実である。ティーの提案はかなり魅力的に聞こえる。

「そうだな……少し、横にならせてもらおうか」

幌馬車は広く、人が横になるのに十分なスペースがある。カイムは遠慮することなくティーの太腿を枕にして寝転がった。

メイド服のスカートに包まれた太腿が、柔らかく後頭部を受け止めてくれる。ティーの脚はしっかりと筋肉が付いていて張りがあるにもかかわらず、不思議なほどに心地好い感触がした。女性の身体とは不思議なものである。

「チッ……いちゃつきやがって……」

「女をあんなに侍らせて……しかも、美人ばっかりじゃねえか」

馬車に同乗している男達が舌打ちをする音が聞こえてきた。

ティー、ミリーシア、レンカというタイプの違う三人の美姫を引き連れ、おまけにそのうちの一人から膝枕をされているのだ。羨望と嫉妬の視線を向けられるのも無理ないことである。

（やっぱり、不幸な星の下に生まれたようには見られないよな。人生の前半生がクズみたいだったから、これくらいの役得は貰っておかなくちゃ割に合わないが）

「ムウ……ズルいですよ、ティーさん。私もカイムさんに膝枕をしてみたいです！」

身近なところからも羨望の声が上がっていた。ミリーシアが唇を尖らせ、羨ましそうにこちらを見つめていた。

「レンカもそう思いますよね？　ティーさんばかりズルいですよね！」

「あ……いえ、私は別に。どちらかと言えば、枕よりもイスか踏み台として使ってもらいたいですね」

レンカがまたしても不穏な言葉を口にしている。

昨晩もそうだったが……日に日に変態性に磨きがかかっているような気がした。

その恐るべき性癖を引き出してしまったのがカイムの毒だというのなら、さすがに申し訳ない気持ちになってくる。

(……寝よう。考えるだけ損だな)

カイムは爆弾発言を聞かなかったことにして、目を閉じて睡魔の手に意識をゆだねる。

馬車の中に会話はなく、ガタガタと馬車が揺れる断続的な音だけが響いていた。

すでに日が傾き始める時間になっている。

他の乗客も疲れているのだろう。馬車の幌に背中を預けてうつらうつらと舟をこいでいる者もいれば、カイムのように寝転がっている者もいた。

このまま何事もなければ、日暮れ前に目的の宿場町まで到着することだろう。

しかし……そうは問屋が卸さない。あと少しで到着するというところで、またしても予想外の事態が生じてしまった。

「おい、そこの馬車！　止まりなさい！」

「ッ……！」

突如として、馬車の外から鋭い声がかかった。

カイムは弾かれたように起き上がり、すぐさま幌馬車の戸を睨みつける。

「……何事だ、緊急事態か？」

寝起きにもかかわらず、すぐに脳が覚醒する。武芸者としての直感が、外から複数の気配が接近してくるのを伝えてきた。

「あのー、お客さん方。憲兵さんがいらしているみたいです」

馬車の前方から、御者の男が困惑した様子で声をかけてくる。

どうやら、馬車を呼び止めたのは憲兵のようだ。耳を澄ませると、複数の馬の足音も聞こえてくる。

「不味いな……もしかして、追手か？」

「「………………！」」

カイムが小声でささやくようにつぶやくと、仲間達が緊張に身体を強張らせた。

もしかすると、フォーレの町の領主が追手として憲兵を差し向けてきたのではないか。

ミリーシアを攫ったときには裏社会の人間を使ったようだが……カイムは領主邸を襲撃している。犯罪者として公に手配されている可能性があった。

「この馬車に手配中の犯罪者が乗っているとの情報が入った。中を検めさせてもらう！」

カイムの予想を肯定するように、幌馬車の外から憲兵の声が響いてきた。

すぐに木製の戸が開かれて、鎧を身に着けた二人組の兵士が中に入ってきた。

（不味いな……こうなったら、ここで闘り合うか？）

他の乗客を巻き込んでしまう可能性があるが……だからといって、大人しく捕まるつもりはない。もしもこの憲兵が追手であるというのなら、戦うほかなかった。

カイムは決意を固めて拳を握りしめ、いつでも動き出せるように臨戦態勢を取る。

憲兵が馬車の座席に座っている乗客を一人一人確認していく。順番に、段々とカイム達の方へと近づいてきた。

「…………」

「…………」

すぐ傍に座っているティーとミリーシア、レンカからも緊張の気配が伝わってきた。

「違う、こっちも違うな。こっちは……」

憲兵が近づいてきて、カイム達のすぐ近くに座っていた女性の顔を覗き込む。

カイムがそろそろ動くべきかと殺気立つが、それよりも先に事態が動く。

「フウ……ここまでのようね」

「グッ……!?」

「ツイてないわね……私も、もちろん貴方達も」

ブシャリと水音が鳴り、馬車の中に真っ赤な血が飛び散った。

鮮血の発生源は乗客の顔を検めていた憲兵の一人。その首に太いナイフが突き刺さっている。

「本当に残念ね。私を見つけなければ、ここで死なずに済んだのに」

落ち着き払った声でつぶやいたのは、カイム達のすぐそばに座っていたフードを被った女性である。

女性が憲兵の首に刺さったナイフを引き抜くと、さらに大量の血液が噴き出して馬車の幌や床を赤く染める。

「キャアアアアアアアアッ！」

「うわあああああああああっ⁉」

突然の惨劇に、乗客から悲鳴が上がった。

女性が立ち上がり、軽く右手を振ってナイフについた血を払う。

「貴様……よくも仲間を！」

「五月蠅いわね。静かにしてちょうだい」

「グウッ……！」

もう一人の憲兵が剣を抜こうとするが、それよりも先に女性の右手が振るわれる。

鋭く白刃が閃いて、剣に手をかけていた憲兵の首が斬り裂かれた。頸動脈が切断されて憲兵が一瞬で絶命する。

先ほどまで平和だったはずの馬車の中が、今や屠殺場のように無残な有様となっている。

乗客の中には恐怖のあまり白目を剥いて失神している者までいた。

「二人合わせて十五点というところかしら？　入国からわずか三日で私を見つけ出したことは評価するけど、いくら何でも油断が過ぎるでしょう。こんな狭い馬車の中じゃ、満足に剣は振れないわよ」

女性が場違いに冷静な口調で言いながら、もう一度ナイフを払って血を落とす。

そして、他の乗客に向かって丁寧に頭を下げる。

「騒がせて悪かったわ。貴方達を傷つけるつもりはないから大人しくしていて頂戴」

女性が頭を上げると、同時にその頭部を覆っていたフードが外れる。

フードの下から現れたのはネイビーブルーの髪を編み込んだ小柄な女性だった。

外見の年齢は二十歳前後。肉付きの薄いやせた身体つきで、見ようによっては少年にも見える容姿である。

顔立ちは中性的で整っているが……瞳だけが極寒のごとく冷めており、二人の人間を殺傷したことを毛ほども気にした様子はない。

「カイムさん、あの女性は……？」

「さてな……誰かは知らないが関わらない方が良さそうだ」

憲兵を殺害した女が何者かは知らないが……少なくとも、カイム達に対する敵意は感じられない。

「俺達の敵でないのなら、無理に争う必要はない。ここは様子を見よう」

「がう……了解しましたの」

「わかった……」

ティーとレンカがカイムの言葉に同意を返す。

女性はスタスタと血に汚れた床を踏みしめて外に出ていこうとする。カイムがそのまま背中を見送っていると、ふと女性が振り返って目が合った。

「…………」

「…………」

二人の視線が交わったのは一瞬のこと。すぐに女性は幌馬車の外に顔を向けて出ていってしまう。

「……強いな、あの女」

カイムは感心混じりの溜息をつく。

憲兵二人をあっさりと殺傷した動きも見事だが……カイムのわずかな闘気を感じ取って、こちらを振り返ってきた。

彼女が馬車から降りる寸前、カイムは無防備な背中に毒を撃ち込んでやろうかと少しだけ考えた。ただ考えただけで実行するつもりはなかったのだが……そんなわずかな敵意が気取られて、こちらに視線を向けてきたのだ。

（よほどの感知能力がなければ不可能な芸当だ。領主に雇われていた黒ずくめの連中とは雲泥の差だな）

カイムは嘆息して、そっと馬車の外を窺う。

「出てきたぞ！　仲間が殺された！」

「間違いない……この女が例の指名手配犯だ！」

「囲め！　ここで捕まえるぞ！」

外では他の憲兵がネイビーブルーの髪の女性を囲んでおり、剣や槍を向けている。

待ち構えていた憲兵の人数は六人。多勢に無勢だった。

「殺し屋『首狩りロズベット』だな！　武器を捨てて投降しろ！」

「……鬱陶しいわね。そんなに大声を出さなくても聞こえているから、騒がないでもらいたいわ」

その女性――『首狩りロズベット』はうんざりしたように首を振って、両手でナイフを構えた。憲兵に囲まれている状況でありながら降伏するつもりはないようだ。

「捕らえろ！」

憲兵がロズベットに躍りかかった。

連携の取れた動きだ。彼らがそれなりに優秀な兵士であることがわかった。

「馬鹿だな……実力差を考えろ」

だが……そんな憲兵の姿にカイムは呆れ果てる。

「その女は生け捕りにできる程度の力量じゃない。甘ったれていると死ぬぞ？」

「シッ！」

ロズベットが左右のナイフを振るった。二本の刃が銀色の曲線を描き、両側から迫って来ていた憲兵二人の首を刈り取った。

「な……！」

「馬鹿な！　速過ぎる⁉」

首を斬り落とされた憲兵の死体から噴水のように血液が噴き出す。

瞬き一つほどの時間で二人の人間の命を奪い取った……恐るべき早業である。

「呆けている暇はないわ。次にいくから」

「ッ……！」

噴き上げた血が雨となって落ちてくるなか、ロズベットが駆ける。

姿勢を低くして、地面を滑るように別の憲兵の懐に入り込む。

憲兵が慌てて迎撃しようとするも、距離が近すぎて剣では対応できなかった。

「シッ！」

「グウッ……！」

ナイフが憲兵の胸に突き立てられる。刃を横に寝かせ、肋骨と肋骨の隙間を縫うようにして心臓を貫いた。

「このっ！　やりやがった！」

「生け捕りはあきらめろ！　殺してでも、ここで倒すぞ！」

合計五人の仲間が殺されて、ようやく憲兵もロズベットが生きたまま捕らえられるような生半可な相手ではないことを悟ったらしい。本気の殺意を武器に載せて、ロズベットめがけて斬りかかる。

「遅いわね。二十点」

彼らの決断は遅すぎた。

すでに憲兵は三人にまで数を減らしている。もっと人数が残っている段階で死力を尽くしていれば結果は違ったかもしれないが、もはや挽回は不可能である。

「シイイイイィィッ！」

「グッ……」

「カハッ……」

「ッ……！」

ロズベットは左右二本のナイフで憲兵の攻撃を捌き、逆に彼らの身体を斬り裂いていく。

憲兵達が全滅するのにかかった時間は三十秒ほど。辺り一帯が血の海に変わり、ロズベットが憲兵の死体に囲まれて立っていた。

「予想通りの結果か……哀れだな」

馬車の扉から戦いの終わりを見届けて、カイムは痛ましげに目を細める。

カイムが事前に予想していた通り、ネイビーブルーの髪の女……『首狩りロズベット』が勝利して全ての憲兵が血溜まりに沈んだ。

「『首狩りロズベット』……聞いたことがあるな」

レンカがカイムの背中から顔を出す。

「何か知っているのか？」

「ああ。大陸西部で活躍……いや、暗躍している殺し屋にそんな名前の者がいたはずだ。女の殺し屋であるという話だが、ここまで若いとは思わなかったな」

「殺し屋か……いったい、帝国に何の用事だろうな？」

単なる観光というわけではあるまい。殺し屋と言うくらいだから、誰かしらターゲットを殺害する目的があるのだろうか。

「総合二十五点。揃いも揃って拍子抜けな相手だったわね。さて、次は……」

憲兵の死を確認していたロズベットが顔を上げて、馬車の方に視線を移す。カイムと彼女の視線が交わる。

「殺気から推測するに九十五点というところかしら？　随分な大物が同乗していたのね」

「………」

「金にならない殺生をするつもりはないけれど……貴方は無視するには強すぎるみたいね。後顧の憂いを断つためにも殺しておくべきかしら？」

「……急なお誘いだな。美人に口説かれて、照れて赤面しちまうぜ」

嘯きながら、カイムは拳に圧縮魔力を纏わせて臨戦態勢をとる。

初対面の相手。別に戦う理由があるわけでもないが……あちらがやる気であれば容赦はしない。立ちふさがる障害は叩き潰すだけである。

「シイ……」

カイムの殺気を感じ取り、ロズベットが血まみれのナイフをゆらりと揺らす。

ゆっくりと……長く息を吐きながら、戦いの幕が開く瞬間が訪れるのを待つ。

「に……逃げろオオオオオオオオッ！」

「うおっ⁉」

しかし、ここで二人が衝突することはなかった。

馬車の御者が勢い良く手綱を振って、馬を発進させたのである。

馬に引っ張られた車体が激しく上下に振動して動き出す。突然の出来事にカイムは舌を噛みそうになってしまった。

「おい、急に出すなよ！　危ないだろうが！」

「そんなことを言ってる場合じゃねえでしょうが！　さっさと逃げますぜ！」

御者台から必死な怒鳴り声が返ってくる。

中年の御者は何度も何度も、馬の尻を激しくムチで叩く。

「憲兵さんがみんな死んじまった……！　こんなところにいたら、あっしらまで殺されちまう！」

「キャアッ！」

「お嬢様！」

激しく揺れる馬車にミリーシアが悲鳴を上げる。レンカがミリーシアに飛びついて、一緒になって車体にしがみつく。

他の乗客も同じように悲鳴を上げながら、馬車に掴まって身体を縮こませていた。

「あの女は……追ってこないか」

カイムも片手で馬車に掴まりながら、後方を確認する。

ロズベットは憲兵を殺した位置のまま動いていない。どんどん距離が遠ざかり、姿が小さくなっていく。

「か、カイム様！」

「ああ……とりあえず、警戒(けいかい)を解いて問題なさそうだ」

カイムは馬車の扉を内側から閉めて、抱(だ)き着いてきたティーの肩を支える。

(『首狩りロズベット』か……何が目的かは知ったことではないが、覚えておいた方が良さそうだな)

ネイビーブルーの髪を編んだ女の顔をしっかりと記憶(きおく)して、上下に揺(ゆ)れる馬車の振動に耐(た)えるのであった。

○　　○　　○

「ここからは徒歩になるのね……まだ帝都までは随分と距離があるというのに。本当に残念無念だわ」

一方、馬車に置いていかれたロズベットは困ったように溜息を吐いていた。

憲兵が乗り込んできたせいで馬車を降りることになってしまった。

ロズベットを降ろした馬車は猛スピードで街道を駆け抜けていき、すでに見えなくなりつつある。いかにロズベットが類まれな身体能力の持ち主であったとしても、追いつくことは不可能だろう。

「土地勘のない場所……こんな街道の真ん中で置き去りにされて、どうしろというのかしら。酷いことをするわね」

自分が行った惨状から目を逸らし、ロズベットは拗ねたように唇を尖らせる。

『首狩りロズベット』は殺しを商売として生計を立てていた。

金さえもらえたら誰の敵にもなるし、誰の首だって落とす。裏社会では、相手を選ばないことで知られている凄腕の殺し屋である。

特定の主人を持たないことで『野良犬』などと揶揄されることもあるが……ロズベットは特に気にしていない。特定の人物や組織に雇われておかしなしがらみに囚われるよりも、好きなように生きて好きなように殺す……そんな気楽な生き方が性に合っていた。

(困ったわね……北回りの道で帝都に行くつもりだったけど、早くも頓挫してしまったじゃないの)

ロズベットは、とある目的のために帝都に向かっていた。

まっすぐ帝都に行くのもどうかと思ったので回り道することを選んだのだが、それは奇しくもカイム達が取った手段と同じである。

しかし、運悪く憲兵に見つかってしまい、馬車を降りることになってしまった。

馬車の姿はすでに見えない。憲兵が乗ってきた馬も戦いに怯えて逃げてしまっていた。最悪の場合、迷子になって行き倒れになりかねない状況である。

（入国した矢先に憲兵に見つかってしまうとは予想外だわ。私が来ていることを知っているようだったけど……もしかして、誰かが私の存在をリークしたのかしら？）

憲兵の対応が早過ぎる。ロズベットが入国したのを知っていた様子だったし、事前に情報が漏れていたとしか思えなかった。

（依頼を持ってきた仲介人に裏切られた？　いいえ、それはないわね。彼らもプロ。中途半端な裏切りによってもたらされる末路を知らないわけがないわ）

ロズベットがガーネット帝国に来ることを知っているのは、依頼人を除けば、仕事を持ってきた仲介人だけである。

殺し屋や暗殺者に仕事を提供する仲介人というのは、ある意味では本職の仕事人以上にリスキーで失敗が許されない職業だ。迂闊に情報を漏らすような仲介人は裏社会で長生きはできない。すぐに始末されて、ドブ川をプカプカと浮かぶことになるだろう。

（そもそも、今回の仕事の依頼人は誰なのかしら？）

ロズベットは依頼人の正体を知らない。仲介人は知っているのかもしれないが、ロズベットには明かされていなかった。依頼人についての情報が秘匿されていること自体は珍しくはない。むしろ、明けっ広げになっていることの方が少数である。

問題は依頼の内容が飛びぬけて困難なことだった。

（『帝国皇帝の三人の子供……そのうち二人を殺害せよ。殺害する時期や方法は一切問わないが、早ければ早いほどに報酬を上乗せする』）

ロズベットは依頼の内容を頭の中で反復した。

ターゲットは大陸一の大国の皇族、おまけに皇位継承権者のうちの二名である。文句なしで、これまで請け負った仕事の中でも一番の大仕事といえるだろう。

（依頼人は帝国国内の人間だということしかわからない……他にわかることといえば、やたらと報酬が高いということだけ）

前金だけでも豪邸が立つような金額だった。成功報酬も含めれば、どこかの国で爵位と領地が買えるほどである。

（普段だったら、依頼人に対して興味は持たないようにしているけど……さすがに少しだ

もしもガーネット帝国に……あるいは皇族に対して恨みを持っているのであれば、
『三人のうち二人』などという奇妙な指定ではなく、『全員を殺せ』と条件を出すことだろう。
依頼人の目的は怨恨ではない。ならば、政治的な理由だろうか？
残念ながら、一介の殺し屋でしかないロズベットには思いあたる動機がない。
いったい、依頼人は何をもってそんな依頼を出したのか。珍しく好奇心を刺激されたこ
とも、ロズベットが仕事を請けて帝国にやってきた理由の一つである。
（事前の調査では……皇帝の三人の子供のうち、ミリーシア皇女は行方知れず。確実に居
場所がわかっているのは、帝都にいるアーサー皇子とランス皇子。この二人を片付ければ
依頼は達成になるわね）
任された殺しを無事に達成すれば、依頼人の目的も見えてくるだろう。
とはいえ……その仕事を果たすためには、まず帝都に行かなくてはいけない。
憲兵のせいで馬車を降りることになってしまい、徒歩で帝都に行くとなるとそれなりの
大冒険である。
「おい、見ろよ！　こっちに女がいるぞ！」
だが……そんなロズベットの耳に野太い男の声が聞こえてきた。

振り返ると、そこにはボロボロの服を着た大柄な男が立っている。

「へへッ……ありがてえ。この女を売り飛ばせば、無事に冬を越すことが出来そうだ！」

「これほどの上玉だ。さぞや高く売れるだろうぜ！」

「売る前に俺達で楽しんでおこうぜ。次はいつ女を抱けるかわかったもんじゃねえからな！」

街道に隣接した林の中からゾロゾロと仲間らしき男達が現れる。

いずれも寂れた格好をしており、手には棍棒や鉈などを握りしめて武装していた。

「いずれも五点未満……ゴミね。農民崩れの盗賊といったところかしら？　帝国は治安が良いと聞いていたけれど、やはりどこの国にもこういう輩はいるのね」

男達に囲まれたロズベットが微笑みを浮かべた。

ロズベットにとって農民崩れの盗賊に襲われることなど大した問題ではない。それどころか、この状況ではラッキーだとさえ思える。

「ちょうど『足』が欲しかったところよ。貴方達が農民であるならば馬の一頭も持っているでしょう？」

ロズベットは降ってわいた幸運を神に感謝しながら、ナイフを構えた。

「とりあえず……一人生きていれば十分ね。残りは片付けてしまいましょう」

「なんだあ？　この女、刃物なんて出しやがったぞ⁉」

ナイフを取り出したロズベットに、男達がわずかにたじろいだ。

武器を出されただけで動揺するだなんて……やはりただの農民崩れ。素人のようである。

「それで首を落としましょうか」

盗賊達はすぐに知ることになるだろう。自分達が獲物にしてはならない人間を襲ってしまったことに。


その後、『首狩りロズベット』はカイム達とは違うルートで帝都を目指すことになる。

北回りのルートでの移動中に憲兵に捕捉されたロズベットは、農民崩れの盗賊から地元の人間だけが知る田舎道について聞き、そこを通って帝都を目指すことにした。

ロズベットが命を狙う標的には、カイムの恋人であるミリーシアも含まれている。今回の接触ではロズベットがミリーシアの存在に気がつくことはなかったが……次はどうなるかわからない。

カイムと再会したロズベットが敵になるか、それとも味方になるか。

それは神すらも知りえぬ未来の話である。

第五章　宿場町と温泉

途中で予想外のアクシデントに見舞われたものの、馬車は無事に北方にある宿場町に到着した。

たどり着いたのは、フォーレの港町よりもいくらか小さな地方都市――『ジャッロ』という名前の町である。

町の周囲は城壁に囲まれていて門扉に兵士が立っているものの、ざっと顔を確認されただけで審査などなく町に入ることができた。

治安が良くて平和ボケしているのか、あるいは物流を良くするためにあえて手間を省いているのかもしれない。

町の大通りで馬車が停止する。中にいた乗客が順繰りに馬車から降りていく。

「どうやら……無事に到着することができたようですね」

ロズベットのせいで血まみれになってしまった馬車から降りて、ミリーシアが安堵に深呼吸をする。

「ここまでくれば一安心です。フォーレの領主も追手を差し向けてはこないでしょう」

「……無事かどうかはわからないがな。おかしな女と同乗することになったし」

一歩間違えれば、憲兵と『首狩りロズベット』との戦いに巻き込まれるところだった。誰も怪我をすることなく宿場町に到着できたのが奇跡的である。

「それで……これからどうするつもりだ？」

訊ねられたミリーシアが少しだけ考えてから口を開く。

「情報収集をしましょう。この町で」

「情報って……何のためにだ？」

「もちろん、帝都の状況について知るためです。私が帝都にいた頃には、二人の兄が水面下で競ってはいましたが、少なくとも武力を伴う争いは起こっていませんでした。しかし……どうやら、状況は刻一刻と変わりつつあるようです」

ミリーシアが真剣な表情になり、自分の胸元に右手を添える。

「これはフォーレの領主に捕らえられた際に聞いたことですが……私が帝国を空けている間に、兄達の争いがより深刻になっているそうです。城の貴族は二分されていて、騎士団の間でも対立が生じていると話していました。帝国の西端であるフォーレにまで届いているのですから、よほどのことなのでしょう」

　あの領主が暗殺者まで使ってミリーシアを捕らえたのも、加熱していく権力争いが影響しているのだろう。

「フォーレよりも帝都寄りのこの町であれば、より詳細な情報が入っているはずです。どうにかこの町の有力者と接触をして情報を聞き出したいのですが……」

「当てはあるのか？」

「一応、考えている方はいます……直接、話したことはありませんので力になってくれるかどうかはわかりませんが」

「そうか……だったら、そっちは任せよう」

　カイムは馬車の中で凝ってしまった手足を軽く伸ばしながら、空を見上げる。

「とりあえず……今日のところは宿を探さないか？　じきに日が暮れるぞ」

　すでに太陽は西に傾いていた。さほど時間を待つことなく夜になるだろう。

　これまでの道中、不思議なほどに宿屋に恵まれなかった。部屋が足りなくて分かれて泊まることになったりして、そのせいでトラブルもあった。

　同じ轍を踏まないように、さっさと宿を決めるべきである。

「宿屋に行くのは良いですけど……何ですの、この匂い。とても臭いです……」

ティーが鼻を押さえて顔を顰めた。

「ん……匂いだって？」

「私は特に気になりませんけど……？」

カイムとミリーシアが顔を合わせて、首を傾げる。

特に匂いらしい匂いは感じない。大通りにはそれなりに人がいるので、生活臭や料理の匂いがするくらいである。

「もしかして……硫黄の匂いじゃないか？」

レンカが思い出したように口を開く。

「この町は北の山脈に近くて、そのために温泉が湧くと聞いたことがある。私達は感じないが……獣人の鼻には硫黄の匂いが届いたのだろう」

「温泉って……あの地面から湯が出てくるっていう超常現象のことか？」

カイムが子供の頃に読んだ本の知識を引っ張り出す。

「地面の底には燃えさかる炎の海が流れていて、火吹き竜が棲みついている。竜が身じろぎをすると地震が起こって、熱せられた地下水が外に噴き出すとか……」

「いや……そういう伝説の話ではないと思うが、地面から湯が噴き出してくるというのは間違いないいな」

レンカが懐かしそうな表情で苦笑をする。

「この町に来たのは初めてだが……温泉には騎士団の遠征中に入ったことがある。普通の湯あみとはまた違った心地好さがあったし、肌がスベスベになるなどの効能もあるそうだ」

「肌がスベスベ……良いですね！　それじゃあ、今晩は温泉に入れる宿にしましょう！」

ミリーシアが両手を合わせて華やいだ声を上げる。

「実は前から温泉に入ってみたかったんです！　ようやく夢が叶います！」

「おいおい……遊びにきたわけじゃないんだぞ？」

呆れたように言いながら、実はカイムも温泉に入りたいと思っていた。

本で読んで、どんなものなのか気になっていたのだ。念願が一つ叶えられそうである。

「それでは、温泉がある宿を探すとするか…………大丈夫か？」

「あう……」

鼻を押さえて悶絶しているティーに訊ねると、両手で顔を覆いながらもコクコクと頷く。

「うぐっ……ティーもカイム様と温泉に入りたいですの。この匂いには慣れてみせますわ」

「……お前が良いなら構わないけど、無理はするなよ？」

ティーを気遣いながらも、カイム達は温泉に入ることができる宿を探す。

幸運なことに、すぐに条件に合う宿屋を見つけることができた。

できたのだ。

宿泊料金はかなり割高だったが、貸し切りで温泉に入ることができる部屋をとることができたのだ。

カイム達が泊まることになった宿屋は、ジャッロの町ができた時から存在している老舗の店だった。

元々、この町は七代前の皇帝が退位後に移り住み、お気に入りの家臣や愛妾を引き連れて隠居生活を始めたことがきっかけで生まれた湯治場である。

町を治めている領主もその皇帝が年の離れた愛人に産ませた子供の末裔。皇族であるミリーシアの遠い遠い親戚ということになる。

その宿屋はかつて皇帝が利用した場所ということで、上流階級御用達の高級店として扱われていた。割増の宿泊代金さえ支払えば、露天風呂を丸ごと貸し切りにできるというサービスが売りである。

カイム達は案内された部屋に荷物を置くや、早々に温泉に入るべく着替えを手に部屋を出た。

「なるほど……確かに、これはなかなか心地好い……身体が溶けるみたいだ」

湯船に肩までしっかりと浸かり、カイムがのんびりと身体を伸ばして寛いだ。

露天風呂の温泉は四方を木の垣根で覆われており、外部からの視線をさえぎっている。

屋外でありながら誰にも遠慮することなく裸で入浴できる解放感に、カイムはいっそう清々しさを感じていた。

「はあ、いいお湯ですわ～。気持ち良過ぎておっぱいもプカプカ浮いてますの～」

「お肌に沁み込んできますね～。というか、ティーさんの胸は改めてすごいですね～」

「固くなった筋肉がほぐれていく……姫様も小さくはないので気にすることはないと思いますよ～」

仲間達も温泉を堪能しているようだ。

カイムの目の前では絶景が広がっている。三人の美姫が生まれたままの姿となり、湯に浸かっていた。

「がう～。蕩けますの～」

ティーが豊満に実った身体を惜しげもなくさらし、湯船の中で手足を伸ばしている。

長い銀髪が湯船に広がって別の生き物のように揺れていた。たわわに実った果実もプカプカと浮かんで揺れており、女の乳は湯に浮かぶのだと無駄な知識を教えてくれる。

「外で裸になるだなんて最初は恥ずかしかったですけど、慣れると気持ちが良いですね～。天気も良くて、すごく楽しい気分です～」

ミリーシアは普段とは異なり、金色の髪を頭の上にアップしてまとめている。

女性は髪型を別のものにするだけでガラリと雰囲気を変えるものである。

温泉という非日常的な場所であることもあり、ミリーシアの均整の取れたプロポーションがいつも以上に目を引いてくる。

「熱めの湯が外気の涼しさと相まって、丁度良い塩梅ですね……そうそう、私が遠征中に温泉に入った時は雪が降っていたのだけど、寒い中で熱い湯に入るのも最高の気分でしたよ～？」

レンカは湯に浸かりながら身体を伸ばし、柔軟体操をしていた。

無駄なく筋肉がついた肢体は鍛え抜かれており、性的な視点を抜きにしても美しい。締まった手足、割れた腹筋……それでいて乳房はしっかりと育っており、彼女の動きに合わせて形を変えている。

「……ここは天国だったのかよ。わりと身近にあったんだな」

三人の裸身を見やり、カイムは思わず嘆息する。

別に裸を見るのは初めてではない。出会ってから何度となく、全裸で絡み合ってきたのだから。

しかし、今日は普段とはわけが違う。しっとりと濡れた艶髪、身体を流れていく水滴、ほんのりと朱に染まっている柔肌は匂い立つような色気がある。思わず生唾を飲んでしまうほどに甘美極まりない。

「カイムさんの身体、すごく綺麗ですね。筋肉が引き締まっていて、彫刻にして残したいくらいです」

一方で、女性陣もまたカイムの裸に興奮している様子だった。

ミリーシアが逞しい武人の身体つきをしたカイムを見つめて、夢見るような瞳で頬に手を添える。

「……身体が綺麗だなんて初めて言われたな。不思議と悪い気分ではないが」

カイムが自分の身体を見下ろして苦笑する。

『毒の女王』と融合する以前、カイムの身体にはあちこちに紫色の斑紋が浮かんでいた。呪いのせいで筋肉がつかなくてやせ細っていて、母親とティー以外の人間はカイムの身体を見るたびに嫌悪の表情をしていた。

「がう、カイム様は昔から美しいですわ！　子供の頃は可愛かったですし、今は格好良いですの！」

「そう思っているのはお前だけだと思うがな……」

「カイムさんの子供時代ですか……私も見てみたかったです」

「……想像がつかないな。カイム殿に可愛かった時期があるだなんて」

子供時代もなにも、ほんの一ヵ月ほど前のことである。

(そういえば……『毒の女王』について、話してなかったな)

昔からの知り合いであるティーはともかくとして、ミリーシアとレンカはカイムが急激に身体を成長させたことを知らない。

あえて説明する必要もなかったので言わなかったが、隠し事をしているようで少しだけ落ち着かない気分になる。

(ミリーシアが抱えている問題が片付いて落ち着いたら、時間をとって話した方が良いかもしれないな……早めに片付くと良いんだが)

「んっ……そろそろ、出るか？　長湯してのぼせても、身体に良くないだろ」

温泉は身体に良いという話だったが、過ぎたるは及ばざるがごとしである。長く入浴しては体調を崩してしまうだろうとカイムは湯船から立ち上がった。

だが、そのまま温泉を出ようとするカイムの両腕をミリーシアとレンカが掴む。

「カイムさん……お楽しみはここからですよ」

「そうだとも……逃がさないぞ」

「は……？」

興奮した声音に視線を下ろすと、情欲に満ちた二人の顔と目が合った。

ミリーシアもレンカも温泉の熱とは違う理由で肌を火照らせており、「ハア、ハア」と荒い息をついている。

「お前ら、まさかここで……」

「カイム様……良いではありませんか。初めての温泉、もっと思い出が欲しいですの」

「ティー……お前まで……」

ティーが湯船から立ち上がり、カイムの胸に抱き着いてきた。

しっとりと濡れた二つの乳房が胸板に押しつけられ、フニュリと形を変える。

「ん、あ……やっぱり、逞しいですわ。まるで熱い鉄のよう……」

同時に、身体を密着させたことでカイムの下半身の一部がティーの腹部に押しつけられることになる。

愛する雄のリビドーを肌に感じて、ティーが心地好さそうに目を細めた。

「お前ら……また発情しやがったのか……！」

左右の手をそれぞれ掴まれ、身体に抱き着かれ……カイムは完全に動きを封じられる。

三人の瞳は泉のように潤んでいた。呼吸は荒く、肌は赤く染まって明らかに発情している。

いまだ本人に意識が足りないようだが……カイムは『毒の王』であり、あらゆる体液に毒が含まれていた。カイムの意思と無自覚に致死性の毒薬が漏れることはないものの、相性の良い異性を引き付けるフェロモンは意図せず放出されている。

汗に含まれるフェロモンが湯に溶けだし、同じ湯船に浸かっていた三人の女性を発情させてしまったのだが……そのことにカイムを含めた四人は気がついていない。

「最初はティーとやりますの。事前に順番は決めておきましたわ！」

もっとも……あらかじめ順番を決めている辺り、カイムの毒がなくともやることは犯るつもりだったようだが。

「フフフフッ……」

ティーが妖しく微笑みながら、腰を前後に動かした。正面から抱き着いて両脚の間に愛しい男の『それ』を挟んで、しっかりと奉仕する。

ティーが身体を動かすたびに胸板に押しつけられた乳房が卑猥に形を変えた。充血してしこった先端部分が柔らかさの中にクリクリと固い感触を伝えてくる。

「んっ、あ、はあん……カイム様の熱いものがティーの大切な場所を刺激してますの……スリスリですわあ……」

「グッ……この感触は……！」

「まだ絶頂してはダメですの。絶頂くのなら一緒が良いですの……！」

「うぐううっ……！」

カイムはあちこち柔肉を擦りつけられ、愛撫される感触に必死に耐える。

自分の意思で絶頂するのならばまだしも、一方的に女に責められて限界を迎えるだなんてプライドが許さなかった。

「カイムさん、私達のことも可愛がってくださいませ」

「そうだぞ、放置プレイなんて許さないぞ」

カイムの両腕を掴んでいるミリーシアとレンカがおねだりをしてくる。

ミリシーアが右腕を、レンカが左腕をそれぞれ掴んでおり、身体を密着させてきた。

「はあん、んはあっ……」

「んんっ！」

ミリーシアとレンカがカイムの腕を乳房の間に挟んで、そのまま指先を自分達の股間に導いていく。

「カイムさん……触ってください、私達にお情けをください……」

腕を左右からフニフニと刺激しつつ、耳元に甘い声で囁きかけてきた。

耳に当たる熱い吐息に誘われるようにして、カイムは両手の指を動かして二人の女性の恥部へと這わせる。

「きゃっ！」

「んあっ！」

主従の二人が同時に鳴く。抱擁する力が強くなり、さらに強く胸を押しつけられた。

カイムは湯で濡れた股間を指先でかき分け、全ての女性の弱点である部位を丁寧な手つきで愛撫する。

「はあっ、あ……はあ……やんっ……あ、ああんっ！」

「あっ……んっ……こ、殺せえ……んん、あおんっ！」

カイムの指が動くたび、悩ましい喘ぎ声が漏れた。二つの楽器が息を合わせて音楽を奏でるように艶声を響かせる。

そうしているうちにもティーが腰を動かしてカイムの急所を責めており、柔らかすぎる乳肉をタプタプと押しつけてくる。

「がう、がう……うう、ンアアアアアアッ！」

「あ、あああ……んはあああああああっ！」

「こ、殺せ……あ、わおおおおおおんっ！」

「グウ、くううううううっ！」

三者三様の絶頂の声が響きわたる。同時に、カイムにも限界がやってきた。

ずっと堪えていたものを解き放ち、視界がチカチカと白く染まる。

「あ、はあ……カイム様……」

「カイムさん……」

「わん……」

絶頂したばかりの美姫三人が熱っぽい目で見つめてくる。

どうやら、まだ満足はしてはいないようだ。

「……俺だってやられっぱなしで終われるかよ。誘ってきたのはそっちだ……覚悟しやがれ！」

「「「キャッ！」」」

カイムが三人の身体を乱暴に引っ張り、湯船の縁に両手をついて後ろを向かせた。

全裸の美女・美少女の尻が三つ並ぶという壮観ができあがる。

「いくぞ……！」

「「「アアアアアアアアアアアアッ！」」」

カイムが食らいつくようにして並んだ尻に覆いかぶさる。

甲高い嬌声が高い空に響きわたり、スパンスパンと肉を棒で叩くような音が断続的に上がった。

その日、カイムら一行はそろって長湯をしてしまい、すっかり逆上せてしまった。
浴室を汚してしまったことについて宿の店員から笑顔で叱られてしまい、掃除代として
かなり多めに追加料金を支払うことになるのだった。

○　　○　　○

色々な意味で熱い夜が明けて、翌朝になる。

昨晩は宿屋側から怒られたこともあり、露店風呂で遊んだ後は早めに就寝した。

久しぶりにベッドで眠ったこともあって、四人はそろってグッスリと眠ることができた。

「それで……今日はどうするつもりだ？　情報収集をするとか話していたな？」

カイムが荷物をまとめながらミリーシアに訊ねる。

昨日、ミリーシアは帝都の情報を仕入れるための当てがあると言っていた。

「はい、今日はこの町にある冒険者ギルドの支部に行ってみたいと思います」

ミリーシアが寝間着から着替えながら答える。

「ギルドには支部ごとに責任者であるギルドマスターがいます。この町のギルドマスター

は『青狼騎士団』の団長の妹にあたるので、帝都の事情にも精通しているはずです」

「『青狼騎士団』……？」

「帝都に拠点を置く五つの騎士団の内の一つですよ」

ミリーシアが着替えを終えて、さっぱりとしたドレス姿になる。お姫様には見えないが、それなりに裕福で育ちが良いお嬢様といった服装だ。

「…………」

ミリーシアが会話を止めて、クルリとその場で回った。そして、何かを期待するかのように上目遣いで見つめてくる。

「…………」

「ああ……似合ってる。可愛い可愛い」

こうして、毎朝のように服を見せつけてくるのにも慣れてきた。

おざなりな褒め言葉ではあったが、それでもミリーシアは嬉しそうに微笑んだ。

「五つも騎士団があるだなんてややこしいですわ。どう違いますの？」

横からティーが会話に入ってくる。

こちらも着替えを終えたところであり、いつものメイド服姿になっていた。

「それぞれの騎士団の役割はほとんど同じです。砦や要塞の防衛、反乱分子の討伐、強力な魔物が現れた際には討伐に駆り出されることもあります」

「違っているのは、その騎士団に所属する騎士の階級だな」

軽鎧を着たレンカが途中から説明を引き継いだ。

「帝都にある五つの軍団は身分や出身によって、伯爵家以上の上級貴族から集められた『銀鷹騎士団』、子爵以下の下級貴族出身の『赤虎騎士団』、帝国生まれの平民階級出身者の『青狼騎士団』、外国からの移民や解放奴隷から集められた『黒竜騎士団』の四つに分けられている」

「四つ？　騎士団の数は五つじゃないですの？」

「最後の一つは、身分や出自に関係なく実力のみで選抜される精鋭部隊で『金獅子騎士団』という。皇帝陛下の命令のみに従う最精鋭部隊だな」

ちなみに、町の警備や治安維持にあたっている憲兵は領主の管轄であり、皇族の下にいる五つの騎士団とは指揮系統が別であるとのこと。

「なるほどな。ところで、レンカも騎士だよな？　その五つの騎士団のどれかに所属していたりするのか？」

「レンカは『金獅子騎士団』に所属しています。お父様……皇帝陛下の命令により、私の護衛についてくれています」

「陛下の命令が無くとも、私は姫様に忠誠を誓っているがな！」

「金獅子って……一番強いやつなのか、レンカが？」

カイムは信じられないとばかりにレンカを見やる。

「レンカって弱いじゃないか。どうして金獅子とやらに入れたんだよ」

「わ、私は弱くないぞ！　カイム殿が無茶苦茶なだけだ！」

弱者扱いされて、レンカが必死な様子で反論する。

「自覚がないようだが……『伯爵級』以上の魔物は冒険者やベテランの騎士や冒険者がパーティーを結成して、ようやく対処できるほどの怪物だからな!?　単独で撃破できるような人間は、帝国でも英雄か化物のように扱われているからな!?」

「そうなのか？　それじゃあ、レンカの強さってどれくらいなんだ？」

「……私は『男爵級』の魔物、例えばオークやハイゴブリンなどであれば、単独で討伐することができる。ハイオークやガーゴイルのような『子爵級』も倒せなくはないがリスキーだろうな」

「へえ……そうなのか」

仮にレンカの実力が魔物でいうところの『子爵級』と同格として、それだけの力があれば帝国で最精鋭の騎士団に入団できるということになる。

カイムは単独で『伯爵級』を危なげなく退治することができる。それ以上の等級については戦ったことがないのでわからないが……少なくとも、『侯爵級』とは互角に渡り合えるだろう。

「もしかして……俺ってとんでもなく強いのか？」

「強いだろう」

「強いですね」

レンカとミリーシアが同時に首肯する。

カイム自身、己が強者であるという自負はあった。

しかし、『拳聖』の父親がそうであったように、自分と対等の実力を有している人間もそれなりにいるだろうと考えていた。

（俺もそうだし、親父もかなりの強者だったんだな……まあ、英雄と呼ばれていたくらいだから強いとは思っていたが）

「カイム殿と互角に戦える人間は、帝国にも五人いるかどうかというところだ。Sランク冒険者である『暴風王』と『魔剣姫』。最強の騎士と謳われる『黒騎士』。未来を知る至高の魔術師『天眼』……他に誰かいたかな？」

「もしもカイムさんが騎士になったのであれば、すぐに騎士団長クラスにまで上り詰めることができるでしょう。十分な手柄を立てれば、貴族にだって叙勲されるはずです」

レンカに続いて、ミリーシアもカイムの実力を称賛する。

そうやって二人に褒めちぎられると、カイムとしても悪い気分ではなかった。

「自分の力で道を切り拓いて立身出世……男としては憧れるな」

「フフッ……皇女である私との結婚だって認められるでしょうね。楽しみです」

「……それで、冒険者ギルドに行くんだったよな？」

カイムがさりげなく脱線していた話を元に戻す。

「そうですね……ギルドマスターと私は面識がありませんから、会ってくれるかはわかりません。それでも、やる価値はあると思います」

ミリーシアが話を流されたことに不満そうにしながらも、カイムの問いに答える。

「だったら、さっさと行こうか。冒険者ギルド……楽しみだな」

カイムは子供の頃から、冒険者という職業に憧れを抱いていた。

いつか冒険者になって、世界中を旅していたい……そんなふうに夢見ていたのである。

（あわよくば……冒険者として登録してみるのも悪くないよな。身分証にもなるし、無駄にはならないだろう）

荷物をまとめたカイムは、そんなふうに胸を躍らせながら宿屋から出るのであった。

第六章

冒険者ギルド

冒険者ギルド。

それは魔王殺しの英雄であったカイムの両親も所属していた組織であり、国家の枠組みを超えた超独立機関だった。

カイムにとっては憧れの場所。一度は行ってみたいと願っていた所でもある。


カイムとティー、ミリーシア、レンカ。四人は町の中央にある冒険者ギルドに向かった。

そこは一見すると酒場のように見える。入口はスイングドアと呼ばれるバネ式の扉になっており、建物の内部には広々とした空間にたくさんの円テーブルとイスが並べられていた。テーブルの各所では鎧やローブを身に着けた者達が酒瓶を傾けており、ガヤガヤと賑やかな喧騒が空間を包み込んでいる。

「おお……！」

ギルドの中に一歩足を踏み入れるや、カイムは思わず感嘆の声を漏らす。

（ここが荒くれ者達の住処……冒険者ギルドか！　腕っぷしが全てを決める戦士の集い。まさかここに来る日が来ようとはな！）

『呪い子』として侮られて故郷でくすぶっていた頃は、まさか自分が冒険者ギルドを訪れる日が来るだなんて考えられなかった。

「カイムさん、中に入りましょう？」

「ん……ああ、そうだな。受付に行こう」

感極まり、入口に棒立ちになっていたカイムは後ろのミリーシアに背中をつつかれた。

仲間に急かされ、カイムは奥にあるカウンターに向かって足を進める。

ギルドに入ってきたカイム達の姿を見て、テーブルで酒瓶を傾けていた男達の間からざわめきが生じた。

「見ねえ顔だな、余所者か？」

「へえ……いい女じゃないか。一晩お相手願いたいぜ」

「男一人に女三人とはいただけねえな……奪ってやりたくなっちまう」

複数の美女を引きつれたカイムの登場にあちこちのテーブルから視線が集中する。

大半は興味本位と嫉妬の視線だったが、実力を値踏みするような油断ならない目を向けてくる人間もいた。

受付カウンターにはスーツ姿の女性が立っている。

茶色のショートカットの受付嬢は男一人、女性三人という珍しい組み合わせに不思議そうな顔をしながら、すぐに営業スマイルになって口を開く。

「ようこそ、冒険者ギルドへ。依頼ですか、それとも冒険者登録ですか？」

ミリーシアがカウンターの前に進み出て、口を開く。

「ギルドマスターにお会いしたいのですが、お目通りできますか？」

「ギルドマスターにですか？　アポイントメントは取っていますか？」

「いえ……取っていません」

「でしたら、名前と御用件を伺ってもよろしいでしょうか？」

「名前は……」

ミリーシアは困った様子で視線を彷徨わせる。

本名を名乗れば、皇女であることがバレてしまうかもしれない。ただでさえ、この場には大勢の人がいる。おまけに、美女三人が現れたことで男の冒険者が色めきたって、こちらの様子を窺ってきていた。

「……理由あって名前は明かせませんが、帝都より参りました。話の内容はこちらの手紙に書いてありますので渡してください」

「はあ、手紙ですか？」

名乗ろうとしないミリーシアに、受付嬢はあからさまに不審がっている。

「……それでは、こちらの手紙はお預かりいたします。ですが、ギルドマスターは忙しい方なので返答はいつになるかわかりません。ご宿泊先を教えていただけたら、そちらに連絡させていただきますが？」

「えっと……できれば、急いでいただきたいのですが……」

「でしたら、名前と御用件を。内容次第によってはすぐに報告いたします」

「あ……」

受付嬢が手紙を他の書類の上に無造作に重ねてしまう。

どうやら、その手紙はさほど大事な物だと認識されていないようだ。

（適当な対応だな……もしかして、このまま手紙が捨てられるとかないよな？）

ミリーシアが身分を明かしていないので当然なのかもしれないが……もしもこの受付嬢がカイムらを不審人物として認識しているのなら、手紙をギルドマスターに渡さずに処分する恐れがある。

「おい、ミリーシア」

「……わかっています。ギルドマスターには会えないかもしれませんね」

耳元に囁くように訊ねると、ミリーシアも小声で応じる。

「できれば帝都の状況を知ってから向かいたかったのですが……この様子だと、諦めた方が良いのかもしれません」

ギルドマスターに面会する目的は帝都の現状を知るためだったが、そのために危険を冒すわけにはいかない。多くの人目がある場で身分を明かすことによるデメリットは避けたいところである。

（あくまでも情報収集は「できれば」という範囲内。「絶対に必要」というわけでもないし、ここは退いておくか？）

ギルドマスターに会うために何日も時間をかけるほど、悠長にはしていられない。

すでにフォーレの領主にミリーシアの帰還はバレている。ミリーシアの身柄を狙うものが動き出していないとも限らない。

ミリーシアもカイムと同意見だったらしく、無念そうに首を振った。

「仕方がありませんね……情報収集は諦めて、このまま帝都に向かって……」

「おいおい！　受付の嬢ちゃんを困らせるなよ！」

「悪い奴らだ。お仕置きしなくちゃいけないよなあ！　ヒャヒャヒャッ！」

引き下がろうとするカイムらであったが、横からかけられた濁声に呼び止められることになる。視線をやると、そこには見知らぬ三人組の男達が立っていた。

「いきなり顔を出して、ギルドマスターに会わせろとか挨拶じゃねえかよ！」

「近くで見たらますます美人だなあ！　ヒャヒャッ、俺様が乳でも揉んでやろうかあ？」

「……何だ、この下種共は」

レンカがミリーシアを守るように位置を移動して、現れた三人組を睨みつけた。

男達はいずれも剣や鎧で武装しており冒険者であることがわかる。粗野な顔にはニタニタと下卑た笑みが浮かんでおり、彼らの視線は女性三人の胸や尻に向けられていた。

「がう……気持ちが悪いですの。ズタズタに引き裂いてやりたくなりますわ」

「同感だ……こんな下種共には少しも調教されたいとは思わないな」

ティーとレンカが不快そうな顔で頷き合う。

「あ、あの……ニックさん？　お客さんに絡んだりしたら困ります……」

「いやいや、ルーシーちゃんよお！　俺達は絡まれてるアンタを助けてやったんじゃねえか！　感謝こそされても、文句を言われる筋合いはないぜえ！」

「そ、そんなことを言われましても……」

ルーシーと呼ばれた受付嬢が気まずそうに視線を逸らす。

「冒険者同士の諍いであれば自己責任ですけど、こちらの方々はあくまでもギルドマスターに面会を求めるお客様です。騒ぎを起こされると、その……」

「ああ⁉　俺達が迷惑をかけてるってのかあ⁉」

「ヒッ……！」

　男の一人に恫喝され、受付嬢が怯えて声を引きつらせる。

「……また、アイツらか」

「『黒の獅子』……最近、調子に乗ってるな」

　急に生じた騒動に、少し離れたテーブルで酒を飲んでいた冒険者らがヒソヒソと言葉を交わす。

「仕方がないさ。アイツらは昇格して、この町で唯一のAランク冒険者になったからな」

「町から出ていかれても困るし、多少の悪さは大目に見ないといけないんだろうな……」

「人間性はクズだけど、アイツらの実力は本物だ。関わらないようにしておけよ」

　カイムが魔力で強化して耳を澄ませると、そんな情報が飛び込んできた。

（どうりで強気なわけだな。受付嬢も迂闊に逆らえないということか）

　ギルドに所属している冒険者の等級は、上のランクからAからEにまで区分されている。

　Aランクの上にはSランクも存在するが、英雄級である彼らはごく少人数のため一般的にはないものとして扱われることが多い。

（確かに強いが……親父ほどの『圧』は感じられないな。雑魚ではないが、そこまで評価するほどの実力であるとは思えない）

第一印象による推察だが、彼らの実力はせいぜい『子爵級』の魔物を倒せるレベル。

一般的な冒険者がパーティーを組んで対処する魔物を単独で倒せるのだから強者には違いないのだろうが、戦って負けるとは少しも思わない。

「お前らがどうしてもギルドマスターに会いたいって言うのなら、その価値があるのか俺達が判定してやろうじゃねえか！」

「……どういう意味ですか？」

レンカの背中越しにミリーシアが訊ねると、三人組のリーダーと思しき男……受付嬢からニックと呼ばれていた男がニンマリと笑みを深くさせる。

「俺達と模擬戦しようぜ？　もしもお前らが勝つことができたら、ギルドマスターに会えるように口利きしてやるよ！」

「ただし……負けたらわかってるよな？　ヒャヒャッ！」

「存分に可愛がってやろう……朝日が昇るまで」

「……やっぱりそれが目的かよ。見た目通りのクズ野郎だな」

カイムが不快感を込めて吐き捨てる。

三人組は終始カイムを無視してミリーシアとレンカ、ティーを見つめている。

何でもいいから適当に理由を付けて、彼女達に手を出そうとしているのだろう。

「……挑発に乗ってやる義理はないな。正直、ぶちのめしてやりたいところだが」

「ですが……カイムさん、これはチャンスかもしれませんよ？」

「ミリーシア？」

カイムの耳元にミリーシアがそっと言葉をささやきかける。

「彼らが約束通りに口利きをしてくれるとは思えませんが……大きな騒ぎになれば、ギルドマスターも出てくるはずです。管理下にある冒険者が一般人である私達に迷惑をかけたとなれば『貸し』になります。見返りとして帝都の情報を聞き出すこともできるのではないでしょうか？」

「……躾のできていない犬の不始末で飼い主に責任を取らせるというわけか」

想定していた形ではないが……目的のギルドマスターとの面会が達成できる。

それならば、見え透いた挑発を受ける価値もあるのかもしれない。

「それに……レンカもティーさんもやる気みたいですよ？」

「ガウウウウ……もう我慢できませんの。ぶっ殺ですわ！」

「私だけではなくお嬢様にまで下賤な言葉を……許せん、成敗してくれる！」

意外なことに、カイムよりもこっちの二人の方が短気だったようである。

メラメラと闘志の炎を燃やしており、すっかり戦うつもりになっていた。

「まあ……コイツらがその気になっているのなら構わないか。Aランク冒険者の実力とやらも拝見してみたいしな」

考えてもみれば、ギルドでベテラン冒険者から絡まれるというのもお決まりの展開ではないか。

（ガキの頃に読んだ本にも、こういうのが書いてあったな……憧れのシチュエーションが叶って良かったじゃないか）

カイムは自分を納得させるように心の中で言い聞かせ、三人組の冒険者との決闘を承諾するのであった。

〇　〇　〇

「では……今回の模擬実戦のルールについて説明します」

ギルドの裏手にある鍛錬場にて、受付嬢がおずおずと説明を始めた。

鍛錬場にはカイムとティー、レンカの三人。少し距離を取って『黒の獅子』を名乗るA

ランクパーティーが相対していた。

非戦闘員のミリーシアは離れた場所で戦いを見守っている。他にも何人もの冒険者が観戦しており、中には酒瓶を片手にどちらが勝つのか賭け事をしている者もいた。

「今回はあくまでも腕試しの模擬戦です。片方は冒険者でもない方々ですし、相手を殺すことは当然ながら禁止。高威力の魔法を使った場合も反則負けとさせていただきます。戦闘は三対三で行い、全員が戦闘不能になるか降参した方が負けです」

受付嬢がカイムらの方に顔を向ける。冒険者でもない一般人であるカイムらに対して、受付嬢は心配そうな……あるいは申し訳なさそうな顔だった。

「いざとなれば止めさせていただきますが……くれぐれも無理はしないでください。いくら同意の上とはいえ、一般の方々に大怪我をさせてしまったら責任問題になってしまいますから」

「気をつけよう。ちなみに……俺達があちら側に大怪我させる分には問題ないんだよな？」

カイムが冗談めかして訊ねると、受付嬢が引きつった苦笑を浮かべる。

「問題ないことはないですが……喧嘩を売ってきたのはニックさん達です。ルール違反さえしなければ、どんな結果になったとしても文句を言える立場ではありませんね」

「それを聞いて安心したよ……さあ、闘ろうか」

カイムは好戦的な笑みを浮かべて、少し離れた場所にいる『黒の獅子』を観察する。

横に並んだ三人の冒険者であったが……Aランクに名を連ねる冒険者だけあって、目立った隙は見当たらない。

中央に立つリーダーのニックは大剣を持った剣士。向かって右側の男……仮に手下その一としておくが、両手に弓を構えていて腰のベルトにはダガーを提げていた。おそらく、斥候職に就いているのだろう。

問題は左側にいる手下その二。この男は金属の棒の先端に楕円形の頭部がついた、いわゆる『メイス』と呼ばれる鈍器を持っている。

「おかしな服を着ているが……アイツは僧侶なのか？」

よくよく見てみると、手下その二が着ている服は僧侶が着る法衣に似ていた。

武器のメイスにも宗教のシンボルらしき星のマークが刻まれており、宗教家であることが予想できる。

「僧侶が女欲しさに決闘するとか正気かよ……とんだ生臭坊主じゃねえか」

「カイム殿、あの刻印は『ジークゼロン教』の紋章だ」

「ジークゼロン教……？」

横からレンカが注釈を入れてきた。

聞き覚えのない単語である。カイムが知っている一般的な宗教……『聖霊教』とは違うのだろうか？

「ジークゼロン教は帝国から大陸東部で信仰されている少数派の宗教だ。開祖にして伝説の英雄であるジークゼロンを至尊として崇めており、『武』を極めて神の頂に至ることを教義としている」

「『武』を極める……随分と物騒な教えを信じているんだな。宗教というよりも武術の道場じゃないか」

「ああ……彼らは強い者こそが正義という過激な思想を持っており、強者は弱者から財や女を奪っても許されると信じているらしい……要するに邪教だな。帝国は信仰の自由を認めているために咎められることはないが、何年かに一度はジークゼロン教の信者が良からぬ事件を起こすから困っている」

「…………」

つまり……決闘を利用して女を奪おうとする試みは、この僧侶にとって神の教えに反さぬ正しい行いというわけである。

女性を力ずくで奪って犯すこともまた、ジークゼロン教では肯定されるのだろう。

「不愉快極まりないな……他人のことを説教できる立場ではないが」

カイムも女性関係に関して、他者を責められないようなことをしている。『黒の獅子』の三人をどうこう責める資格はなかった。

「とはいえ……もちろん、負けてやるつもりはない。売られた喧嘩だ。嫌というほど買ってやろうじゃないか！」

「はいですわ！　カイム様の女である私達に手を出そうだなんて百年早いですの！」

「外道の輩を誅するのも騎士の役目。不埒な男共を成敗してやろう！」

カイムが宣言し、ティーとレンカが闘志をむき出しにして追従する。

「それでは、決闘を始めます。両者とも構えて………はじめ！」

受付嬢が戦いの開始を宣言する。

三人組の冒険者が一斉に襲いかかってきて、カイムらはベテラン冒険者である男達を迎え撃った。


まず動いたのは『黒の獅子』の斥候職である手下その一。

弓を素早く引いて、カイムめがけて矢を放ってきた。

短弓から放たれた矢がカイムの足を狙って飛んでくる。相手を殺すなというルールを守って足を狙ってきていた。

（へえ……大した早撃ちだな。驚いた）

カイムは感心しながら、足に飛んできた矢を踏みつけて止める。

「ひゃはあッ！　いくぜえ！」

「おっ？」

だが……『黒の獅子』の攻撃は終わってはいなかった。

パーティーリーダーであるニックが大剣を振りかざして地面を蹴り、カイムとの距離を詰めて斬りかかってきたのだ。

「重量級の武器を持ってこのスピード……なるほど、Ａランク冒険者というのは伊達ではないようだな」

「カイム様！」

「問題ない、こっちは任せろ」

叫ぶティーに応えて、カイムは振り下ろされた大剣を素手で受け止めた。

「闘鬼神流――【玄武】」

局地的に魔力を集中させて防御力を底上げすることで、それなりに重くて鋭い大剣の一撃を無傷で防御する。

「なあッ⁉　俺の一撃を素手で受け止めただと⁉」

「驚くのが早いぞ、Aランク冒険者」

カイムは大剣を受け止めたまま、瞬間的に魔力を放出して相手の身体を弾き飛ばした。

「【蛇】」

「ぐわあっ⁉」

カウンターの一撃を喰らったニックが吹き飛ばされて地面を転がる。

咄嗟に受け身を取り、すぐに身体を起こしたのはそれなりに場数を踏んでいるからだろう。

「チッ……テメエ、俺様に何をしやがった⁉」

「ハッ！　何をされたのかもわからないのなら、そのまま地面を転がっていた方が良かっただろうな！」

「何だと⁉」

怒りの形相で吠えるニックに、カイムは嘲るような冷笑を浮かべた。

闘鬼神流において、基本の型の【玄武】は防御に特化した技である。これは身体の一部に圧縮魔力を集中することで防御力を爆発的に底上げするものだ。

同時に、この型には【蛇】という名前のカウンター技が存在していた。

攻撃を受け止めた直後、防御に使用していた魔力を弾けさせることで相手に衝撃を与える……これが【蛇】である。

甲羅で攻撃を受け止め、尻尾の蛇が喰らいつく……【玄武】は蛇の尾を持った亀の姿をした神獣なのだ。

「クソがっ！　俺の剣を受け止めるとは……ただの雑魚ではなかったのかよ⁉」

「そういうこと……………お返しだ！」

「グウウウウウッ⁉」

カイムが滑るような足取りで距離を詰めて追撃する。ニックの胴体を蹴り飛ばし、さらに後方へと下がらせた。

そのままもう一発叩きこんでやろうとするが……左右から二人の手下が同時に攻撃を仕掛けてくる。

「キエエエエエエエエエエイッ！」

左側から襲ってきたのは法衣を着た手下その二。

金属のメイスを上段に構えてカイムを殴りつけようとする。

「喰らいやがれ！」

右側に回り込んで矢を放ってきたのは手下その一。

短時間でカイムの死角に回り込んでおり、再び矢を放ってくる。

「させませんの！」

「ハアッ！」

　しかし、ニックに二人の手下がいるようにカイムも一人ではなかった。

　左からくるメイスをティーが三節棍で弾き飛ばし、右からくる矢をレンカが剣で斬り落とす。

「カイム様、こちらは任せてくださいな！」

「カイム殿にばかり良い格好はさせない。騎士の面目躍如……汚名返上だ！」

「ああ、そっちは任せたぞ」

　ティーとレンカがそれぞれの敵に向かっていき、カイムが吹き飛ばしたニックのことを追いかける。一対一の構図が三つできて、それぞれの戦いが始まった。

「おおっ⁉」

「何者だ、あの旅人達は⁉」

「強えじゃねえか！　『黒の獅子』と互角に渡り合ってるぞ⁉」

　周囲で観戦していた冒険者からも熱狂した声が生じる。

　彼らの大部分が『黒の獅子』が圧勝することを信じていた。その予想があっさりと覆され、驚きの興奮に沸き上がる。

「本当に冒険者じゃないのか⁉　騙（だま）されたぜ！」

「冒険者じゃないなら、名のある騎士かもしれないぜ！」

「畜生（ちくしょう）！　アッチに賭けとけば良かった！」

「そこだ、やっちまえ！　ハハッ、『黒の獅子』の連中は性格悪いから嫌（きら）いだったんだ！

そのまま、ぶちのめされちまえ！」

冒険者らの怒号（どごう）と歓声（かんせい）を浴びながら、カイムらはそれぞれの敵と向かい合う。

「ゴホッ、ゴホゴホッ……ガキが、思い切り蹴りつけやがって……！」

「苦しそうだな、降参するか？」

カイムが腹を蹴られて咳（せ）き込んでいるニックに声をかけた。

スタスタと隙だらけで接近してきたカイムを、ニックが憎（にく）しみを込めた瞳（ひとみ）で見上げる。

「テメッ……舐（な）めてんじゃねえ！　誰が降参なんてするかよ！」

「へえ……さすがにタフだな。やはり冒険者ランクは飾（かざ）りじゃないわけか」

カイムは感心しながら顎（あご）を撫（な）でる。

ルール上、殺すつもりではなかったものの……それなりのパワーで蹴りを入れたつもりである。内臓破裂（はれつ）とはいかないまでも、しばらくは動けなくなる程度の力は込めていた。

だが、ニックは腹を押（お）さえながらも立ち上がり、大剣を持ち上げて構える。戦意は衰（おとろ）えておらずダメージは軽微な様子。

（……正直、俺もこの冒険者共のことを舐めていたかもな）

新人冒険者や依頼人に絡んでいく輩などチンピラ紛いの三下。プライドばかり高くて実力を伴っていない雑魚であると決めつけていた。

だが……この三人の連携は見事なもの。一人一人の戦闘能力だってAランク冒険者として恥じないだけのものがある。

「クズな言動で判断して悪かったよ……俺もそろそろ真面目に戦わせてもらうとしよう」

カイムは気合を入れ直して、ニックと向かい合った。

「他の二人は俺の仲間が片付けるだろうし……お前は俺が潰してやる。せいぜい抵抗して見せてくれ」

「クソが……生意気なことをほざいてくれるじゃねえか！　女連れの小僧を少しからかってやるつもりだったが……もう止めだ！　本気を出すのは俺様の方。身の程知らずのガキに年長者への敬い方を教えてやる！」

ニックが身体を起こして大剣を構えた。

カイムへと向けられた眼差しには強い敵意と闘志が宿っている。

全身から噴き出る魔力のオーラ。どうやら、本気を出すというのはハッタリではなかったようだ。

「いいぜ……来な！」

ニックに向けて拳を構え、カイムもまた全身に圧縮した魔力を纏う。

模擬実戦の第二幕。

ここからが、本当の戦いの始まりである。

〇　　〇　　〇

カイムとニックが本気になって向き合った一方。

少し離れた場所で、他の二組もまた熾烈な戦いを繰り広げていた。

「ヤアッ！」

「畜生！　この女、なかなか素早いじゃねえか⁉」

レンカが細身の剣で斬撃を繰り出し、手下その一を追い詰めている。

先ほどまで弓矢を使用していた手下であったが、レンカに距離を詰められた時点で弓を手放して両手のダガーに持ち替えていた。

「フッ！　ハッ！　ヤアッ！」

レンカの武装は細剣が一本。手下その一はダガーが二本。手数だけで言うのであれば手下その一の方が上である。

だが……レンカは巧みな動きで相手に反撃のチャンスを与えず、防戦一方の状態へと追い詰めていた。

「この……女のクセにやるじゃねえか！　テメエは大人しく尻でも振ってりゃいいのによ！」

レンカの斬撃を紙一重のところで防ぎながら、手下その一が悔しそうに悪態をつく。

かつて盗賊にやられて主君を危険にさらしてしまったレンカであったが、実際のところ弱いというわけではなかった。

カイムのような怪物に比べるとどうしても見劣りしてしまうものの、人数の差さえなければAランク冒険者にだって後れを取ることのない実力者である。

「畜生！　畜生ッ！　女の分際で生意気なんだよ！」

「女だからと油断をするなよ……隙あり！」

「グッ……⁉」

レンカの一撃が手下その一の肩を裂いた。決して傷口は深くはないが……それでも手傷は手傷である。手下その一は顔面を歪めて傷口を押さえた。

「クソがあ！　やりやがったな、この女ああああああっ！」

手下その一が怒りに任せて吠える。

格下だと侮っていた相手……それも性の捌け口として劣情を抱いていた女からダメージを与えられて、頭に血が上ったようだ。

元々、手下その一はアーチャーでありシーフ。距離を取っての奇襲や斥候が得意なタイプの冒険者であり、近接戦闘は不得手だった。

こうして距離を詰められてしまうと、どうしても弱い。手下その一の焦りに乗じて、レンカがここぞとばかりに攻め立てる。

「今度はこちらだ！　ヤアッ！」

「グッ……！」

今度は太腿に剣先が突き刺さった。

致命傷ではないものの、これで斥候職の持ち味である機敏なフットワークが封じられる。

もはや勝敗は決したかに思われた。

「この……調子に乗ってんじゃねえぞ、クソ女があっ⁉」

「クウッ……!?」

だが……手下その一が予想外の反撃に出た。

左手のダガーを投げ捨てると、腰のポシェットから取り出した小瓶をレンカめがけて投げつけてきたのだ。

レンカは剣で瓶を防ぐが……割れた瓶から緑色の粉が舞い上がり、霧状になってレンカのことを包み込む。

「これはまさか……毒か!?」

レンカは急な眠気にクラリと体勢を崩して、鍛錬場に片膝をつく。

わずかに吸ってしまった緑の粉は睡眠作用のある毒薬だったのだろう。身体が重くなり、意識が遠のいていくのを感じた。

「ヒャッヒャッヒャ！　ざまあみやがれ、引っかかったな!?」

「あ！　卑怯だぞ！」

「それでもAランク冒険者かよ！　正々堂々、戦いやがれ！」

手下その一の卑怯な戦いぶりに、周囲のギャラリーからもヤジが飛んでくる。

「うるせえ！　毒を使っちゃいけねえなんてルールはなかっただろ!?　外野は黙っていやがれ！」

手下その一が周囲のヤジに怒鳴り返す。

確かに、審判役の受付嬢は『毒を使うな』とは言っていなかった。

だが……それは決して毒物の使用を認めていたわけではなく、「そんなものを使うことはあり得ない」と予想していたから明言しなかっただけである。

そもそも、この戦いはAランク冒険者である『黒の獅子』が圧勝するはずだった。カイムらは一般人。冒険者ですらないのだから、受付嬢や観客の冒険者がそう考えるのは当然である。

それなのに……蓋を開けてみれば、『黒の獅子』のほうが追い詰められていた。絶対に使うことはないだろうとルールに明言していなかった毒物まで持ち出すほどに。

「………………」

受付嬢は難しい表情で黙り込む。

ルール上の違反はしていないが、明らかに手下その一の行動はやり過ぎである。止めに入るべきだろうと一歩前に出た。

だが……受付嬢が制止の言葉をかけるよりも先に、あっさりと決着がついてしまう。

「ヒャッヒャッヒャ……ギャアッ⁉」

「隙ありいいいいいいいいいいっ！」

敵をまんまと毒に冒して笑っていた手下その一へ、レンカが鋭く斬りこんだ。

片膝をついた状態から脚のバネを使って前方に踏み出し、そのまま手下の胸部を斬り裂いた。

「痛えええええええええええッ⁉　な、何で動けるんだあああああああっ⁉」

手下その一が痛みのあまり地面に転がって泣きわめく。

身に着けていた革の鎧のおかげで致命傷は避けたものの、あと一歩で即死だっただろう。明らかに戦闘不能の大怪我である。

「フウ……どうやら私の勝ちのようだ。勝負あったな」

レンカが倒れた敵を見下ろして勝利宣言をする。

二本の脚でしっかりと立ったレンカには眠気もふらつきもない。毒の効果はまるで見られなかった。

「て、テメエッ……騙しやがったな⁉　この卑怯者が、毒を吸ってないのに効いたふりをしてやがったな⁉」

手下その一が自分のことを棚に上げて泣き喚く。

レンカは剣を軽く振って血を払い、鞘の中に切っ先を収める。

「毒は吸った。効いてもいた。だが……どうやら少量で効果が薄かったらしいな。一瞬だ

け眠気に襲われたが、すぐに良くなったぞ？」

「そんな馬鹿な……一ミリでオーガだって眠らせる毒だってのに……！」

手下その一が苦しそうに呻く。

レンカは気がついていなかったが、彼女はしっかりと毒を吸ってしまっていた。すぐに効果が消えたのはレンカが毒に対して強い耐性を獲得していたからである。

ある種の薬物を継続的に摂取している人間は、他の薬物に対して抵抗力を獲得して効きづらくなる場合があるのだ。

レンカは『毒の王』であるカイムの体液を何度となく身体に受けて中毒症状を起こすことと引き換えにして、他の毒物に対しても強い耐性を得ていたのである。

肉や骨を融解させるような超強力な毒薬を例外として、睡眠薬程度の毒であれば体内ですぐさま分解して無効化できてしまう。

「ううっ……ちくしょお……」

受付嬢の指示を受けた冒険者が入ってきて、戦闘不能になった手下その一を鍛錬場から運び出していく。

連れ出されていく手下その一を見やり……レンカは満足げに頷いた。

「これで騎士の名誉回復だ。お嬢様に勝利を捧げることができたな！」

「レンカー！」

鍛錬場の端からミリーシアが手を振ってくる。

レンカはニコリと笑って、敬愛する主君へ手を振り返したのであった。

○　○　○

「ムンッ！　ムンッ！　ムンッ！　ムンッ！　ムンッ！　ムンッ！　ムンッ！　ムンッ！」

手下その二が縦横無尽にメイスを振り回し、強烈な攻撃をティーに叩き込んでいく。ティーは三節棍で器用に打撃を防御している。

法衣を着た手下その二は金属製のメイスを軽々と振って、重く強い攻撃を何度も浴びせかけていた。

そのパワー、スピードは尋常ではない。並みの戦士であれば受け流すことすらできずに武器ごと潰されてしまうだろう。

「ぬうううううっ！　細身でありながらその腕力。その忍耐！　女とは思えぬ使い手よ！　天晴れなり！」

「そちらは見掛け倒しで残念ですの！　棍棒を振り回して女一人も潰せないだなんて、立派な筋肉は飾りですの⁉」

「言ってくれる！　だが……良いぞ！」

ティーの挑発に手下その二が愉快そうに笑う。

「拙僧は生意気な女を屈服させるのが大好きなのだ！　ちょっと武を齧ったくらいで調子に乗っている娘子を組み臥し、力ずくで犯して子を孕ませることが拙僧にとって無上の喜びである！」

「気持ち悪いですわ！　貴方、本当にお坊さんですの⁉」

ティーがドン引きした様子で訊ねると、手下その二は「カカッ！」と喉を鳴らすようにして笑った。

「我が崇める神の教えでは、強き男は女を好き勝手に孕ませても許されるとされている！強者の子を生んで強靭な血を後世に残すことこそが女の本懐にして義務である！　愛だの恋だのという薄っぺらな感情を超越した、生物としての正しき在り方よ！」

手下その二が女性の尊厳を踏みにじるような持論を叫びながら、金属製のメイスをティーの三節棍に叩きつけた。

木製の棒が「ミシリ」と不吉な音を立てる。このまままともに喰らっていては武器のほうが持ちそうもなかった。

「フン……好き勝手な理屈を捏ねてくれますの……まあ、ティーはそこまで間違っているとは思いませんけど」

多くの女性からすれば反感しか持たれないような手下その二の理屈であったが……意外なことに、ティーはそれに理解を示した。

『強い男が多くの女と子孫を残すべき。弱者を踏みにじっても許される』

それは獣人であり、戦闘民族として生まれたティーにとっては受け入れやすい思想である。

自然界においては、弱肉強食……強い者が正義という考えは当然のようにまかり通っている。法の目が届かない人間社会の暗闇でも同様である。

手下その二の言葉は概ね正しい。間違っているとしたら、ただ一点。

得意げにメイスを振り回すその男が、ティーにとっては子を孕んでやるほどの価値のない弱者であるというだけである。

「だけど……残念ですの。ティーのお腹はもう先約がいますの。お前のひ弱な子種なんていりませんわ！」

「グッ……!?」

ティーが猛攻の隙を縫って、手下その二の腹部に三節棍を打ち込んだ。

三節棍の先端が胃を真上から突いて、痛烈な痛みと吐き気が手下その二の身体を襲う。

「ゴホッ……ゴホゴホッ……この、よくも……！」

「ティーを押し倒して良いのはこの世でただ一人。誰よりも強く、そして優しいカイム様だけ。三下の筋肉ダルマが夢見るんじゃねえですわ！」

ティーが三節棍を振り回して反撃に打って出た。

先ほどとは真逆の構図。今度はティーが手下その二に猛攻を浴びせかける。

「グ……ヌウウウウウウウウウウウウウウウッ⁉」

「ガウッ！　ガウッ！　ガウッ！　ガウッ！　ガウッ！　ガウッ！　ガウッ！　ガウッ！」

頭部、肩、胸、腹、脚。全身のあらゆる箇所に三節棍が叩き込まれる。

手下その二もメイスをかざして防御しようとするが、まるで生き物のような三節棍の動きについていくことができず、どんどんダメージを重ねてしまう。

三節棍は特殊な形状からしてわかるように非常に扱いが難しい武器である。だが……極めることができれば、時にシンプルな刃物以上のパワーとスピードを生むことになる。

連結された棒が回転する遠心力から生まれる打撃力。奇怪な円運動は捉えがたく、相手を翻弄させる効果もあった。

受けに回ると弱い武器ではあったものの、攻めに出たときには相手に反撃の隙を与えない連続攻撃を生み出すことができるのだ。

「ヌウウウウウウウッ……この、女があああああああああああっ！」

手下その二は捨て身の攻撃に打って出た。

肉体を魔力で強化して防御力を高め、全身の力を込めてメイスの一撃を繰り出したのだ。

玉砕覚悟の一撃は防御の上から骨を砕く威力が込められており、いかに虎人の腕力といえども受けきれるものではなかった。

「ガウッ！」

だが……そこでティーが予想外の行動に出た。ティーもまた防御を捨てたのだ。

手下のように捨て身の特攻に出たのではない。ただ……手に持っていた三節棍を「ヒョイッ」と投げ捨てた。

「ムウッ……!?」

クルクルと空中を回転する三節棍。手下は思わずそちらに視線を奪われてしまう。

そして……目を戻したときにはティーの姿が忽然と消えており、メイスによる一撃も空を切った。

「なっ……どこにいって……!?」

「下ですの」

「ッ……!?」

手下が弾かれたように視線を下げる。

まるで地面を滑るようにしてティーがメイスの攻撃をかいくぐり、手下その二の懐へと入り込んでいた。

次の瞬間、ティーの両手がうなりを上げる。

「ガウウウウウウウウウウウウウウウウウウウッ!!」

ティーが放った技は非常にシンプル。両手の爪による引っかき攻撃である。

ティーの指が、爪が手下の顔面を何度も何度も繰り返し引き裂き、真っ赤な線が無数に刻まれていく。

「ギャアアアアアアアアアアアアアアアアアッ!?」

手下その二が痛みのあまり絶叫を上げる。

ただの爪と侮るなかれ。ティーは虎人。人でありながら虎の属性も併せ持っているのだ。

鋭く尖った爪にはナイフと同等の切れ味がある。

おまけに、ティーは両手に魔力を集中させて握力と爪の強度を底上げしていた。

カイムの闘鬼神流にはおよばないものの、魔力によって強化された爪の攻撃は並大抵のものではない。ぶ厚い岩盤を切り刻めるほどの威力があった。

「ギャアアアアアアアアアアアアアッ⁉　目が、目があああああああああっ⁉」

手下その二は顔面から大量の血を流して地面を転がる。

致命傷でこそないものの、ティーの爪が眼球にも深い傷を刻んでいた。仮に魔法で治療したとしても完全に治癒することはあるまい。

「フッ……悪は滅びましたの。これまで傷つけてきた女達に地獄で詫びるといいですわ！」

ティーは胸を張って勝利宣言をして、両手についた血をハンカチで拭い取った。

眼球に受けた傷により光を失った男は戦士生命を絶たれることになり、大好物の女を抱くことも二度となかったのである。

○　○　○

レンカ、ティーがそれぞれの敵を撃破して、残すは一人。パーティーリーダーであるニックという名前の冒険者を残すだけになった。

「さあ、Aランク冒険者殿！　みっともない戦いは見せてくれるなよ！」

「当たり前だ！　死にやがれ！」

挑発するカイムに、ニックが大剣を振りかぶって轟然と斬りかかる。

放たれた斬撃はカイムの頭部を狙っていた。明らかに殺すつもりの一撃。殺人を禁止するルールを完全に無視している。

「やれやれ、おっかないな……だが、本気を出してくれるのは有難い」

大剣の一撃を最小限の動きで回避しながらカイムが苦笑した。

カイムがこの決闘を受けた理由は、連れの女性三人が挑発を受けてその気になってしまったことである。だが……カイムもまた、憧れの冒険者。その中でもAランクというハイレベルな実力を持つ相手と戦えることに期待を膨らませていた。

「せいぜい、期待を裏切ってくれるなよ。少しは楽しませてくれ！」

「勝手に言ってやがれ！　死ね！」

「お？」

ニックが持っていた大剣が青白い霜で覆われていく。

数メートル離れた場所にいるカイムのところまで、ヒヤリと背筋が震えるような冷気が伝わってきた。

「串刺しにしてやる……【アイス・ブレット】！」

「おおっ!?」

「喰らえ！」

ニックが横薙ぎに剣を振るうと、一メートルほどの長さの氷の柱がカイムめがけて飛んできた。先端が尖った氷柱をカイムは下から蹴り上げて砕く。

「魔剣……いや、魔法を剣に纏わせているのか⁉」

おそらく、ニックは剣術と魔法を併用させる魔法剣士だったのだろう。

冒険者には剣士も魔法使いも大勢いるが、両方を使える人間は多くはない。性格はともかくとして……ニックは冒険者として十分な実力を持った人間のようである。

「まだまだ終わりじゃねえぞ、【アイス・フィールド】！」

ニックが大剣を地面に叩きつけた。

大ぶりな一撃はもちろん、カイムに命中することはなかったが……その剣先から激しい冷気が迸って地面を凍らせる。

「ム……！」

カイムの足元が凍らされて、靴とズボンが氷漬けになって身動きを封じられてしまう
「……すごいな。口先だけの男じゃなかったわけか」

ニックの実力を目の当たりにして、カイムは称賛の声を上げる。

足を凍らされて動きを封じられてしまったものの、カイムは危機感よりも喜びの方が強かった。自分が憧れを抱いていた職業である冒険者。その実力が口先だけの紛い物ではな

かったことが素直に嬉しかったのである。

「チッ……余裕こいてくれるじゃねえか。状況がわかってねえのか⁉」

カイムの内心を知らないニックが大きく舌打ちをする。

身動きが取れない状況に追いやられ、なおも笑顔を浮かべているカイムに馬鹿にされていると感じたのだろう。

「そんな状態でさっきみたいに回避できるわけねえだろうが！　全身を穴だらけにしてやるぜ！」

ニックが大剣を掲げると、周囲に十数本の氷柱が出現した。刃物のような先端はまっすぐにカイムに向けられている。

「貫きやがれ……奥義【アイス・ショットガン】！」

「ま、待ってください！　それはやりすぎ……！」

ニックが魔法を解放させる。審判役の受付嬢が遅すぎる制止の言葉を発するが……構うことなく、十数本の氷柱がカイムめがけて飛んでいく。

このまま何もしなければ、カイムの身体は氷柱に貫かれて穴だらけになってしまうだろう。何もしなければの話だが。

「見事な攻撃だ……だが、それで殺られる俺じゃないな！」

闘鬼神流基本の型──【玄武】

カイムは身体の前面に圧縮した魔力を集中させて防御力を極限まで強化させた。

尖った氷柱が次々と身体にヒットするが……薄皮一枚すらも突き破ることなく、あっさりと弾かれて砕け散っていく。

「なあっ⁉　ば、馬鹿な⁉」

「お返しだ……【麒麟】！」

無傷な対戦相手の姿に愕然とするニックめがけて、カイムが拳を突き出した。

回転する魔力の塊が弾丸のように放出されてニックの腹にぶち当たる。

「グベエッ⁉」

弱めに放ったおかげで腹を貫通することこそなかったが、内臓が破裂する威力の打撃を受けてニックが吹き飛んだ。

何度も地面に転がり、壁にぶつかって停止する。死んではいないようだが意識を完全に失っていた。

「俺の勝ちだ……『相手を殺してはならない』という決闘のルールに救われたな。俺が本気だったら死んでいたぞ？」

倒れたニックめがけて指を向けて、カイムは勝利宣言をする。

ティー、レンカの戦いもそれぞれ終わっていた。『黒の獅子』を名乗る冒険者パーティーは全員やられており、勝敗は決している。

「え、ええっと……こ、こちらの方々の勝利です！」

思いもよらない結果に呆然としていた受付嬢が遅れて宣言をする。

周囲のギャラリーからざわめきが生じて、やがてそれは喝采の叫びへと変わっていった。

○　○　○

「こ、こちらに！　こちらに来てください！」

『黒の獅子』との決闘に勝利して力を示したカイムらであったが……そのまま『めでたし、めでたし』とは終わらなかった。

受付嬢に引っ張られるようにして、カイム達はギルドの応接間へと連れていかれる。

応接間に置かれたソファにカイムとミリーシアが並んで座り、ティーとレンカは本人達の希望により従者としてソファの後ろに立つ。

「もうじき、所用で出かけていたギルドマスターが戻ってくるはずです！　それまでどうが、こちらでお待ちください！　どうか、何卒！」

「ああ、それは別に構わないが……」

「すぐにお茶を入れますね⁉　お茶請けは……えっと、甘い系としょっぱい系とどちらが好きですか⁉　それともすっぱい系ですか⁉」

「……甘い系で」

何故かテンパった様子の受付嬢に、カイムはとりあえず糖分を要求した。

カイムの答えを聞いて、受付嬢が「わかりました〜！」と間延びした叫びを上げながら応接間から出ていく。

「……どうして、あんなに慌ててるんだ？」

「さあ……わかりませんの」

カイムとティーが顔を見合わせて首を傾げた。

「おそらく、我々が決闘に勝利して力を示したからだろうな」

二人の疑問にレンカが答える。

「冒険者ギルドは腕っぷし自慢の荒くれ者が集まる場所だ。当然ながら、そこでは力が何よりも重んじられている。強さがあれば素行に問題があっても見逃されることが多くて、周りからは敬意を向けられる」

「ああ……だから、あんな問題児がデカい顔をしていたわけか」

「ましてや、ここは獅子の国であるガーネット帝国だ。Aランク冒険者を打倒できるほどの実力者であれば貴族に叙勲される可能性もあるから、ああして畏まっていたのだろうな」

「なるほどな……要するに、媚びを売られていたわけか」

あの受付嬢にしてみれば保身もあったのだろう。

受付嬢はカイム達が『黒の獅子』に絡まれた際、窘めるだけで積極的に止める行動をとらなかった。それは相手がこの支部で一番の実力者であるAランク冒険者だったため、仕方がないことだったのだろうが……カイム達がそれで納得できるかは別の問題である。

もしもカイム達が貴族に叙勲され、今回の件について報復行動に出た場合、受付嬢は何らかの責任を取らされる可能性があった。精いっぱいに媚びを売って、少しでもカイム達の心証を回復しておきたいのだろう。

「お待たせしましたっ！　お茶をお持ちしましたっ！」

「お……？」

先ほどと同じく恐縮した様子で受付嬢が戻ってきた。

大きめのトレイを手にしており、口から湯気を上げるポットとティーカップ、そして見たことのない黒い粒が盛られた皿が載せられている。

「どうぞごゆっくり、お寛ぎください！　それでは失礼いたしましたっ！」

お茶の準備を整えて、受付嬢は腰を直角に折ってお辞儀してから部屋を出ていった。

「これは……食い物なのか？」

カイムがテーブルに置かれた皿から、お茶請けらしき黒い粒を手に取った。

光沢のある黒色のそれはお世辞にも食欲を誘われる見た目ではないが、かすかに甘い匂いがしている。

「ああ、これはチョコレートですね」

「チョコ……何だって？」

「チョコレートですよ」

ミリーシアが黒い粒を手に取り、和やかな口調で説明する。

「南方の国で採れる木の実を加工したお菓子です。帝国でも稀少なもので、なかなか手に入れることができないんですよ？」

「へえ……南方の」

大陸南部には無数の国々が乱立しており、多くの民族が暮らしているという。

特殊な動植物が生息しており、他の地域にはない独特の文化が形成されていると本で読んだことがあった。

「それじゃあ……まずは一口」

カイムは興味深そうにチョコレートを観察してから、口の中へと放り込む。

「………！」

瞬間、口内の熱で溶かされたチョコレートが舌の上に広がり、人生で一度も感じたことのない味覚が弾ける。

「甘っ！　美味っ！」

カイムは思わず声を上げてしまった。

ビターな苦みの中にしっかりとした甘みがあり、カイムがこれまで食べたどんな甘味とも違った味わい。こんな美味い菓子が世の中にあったのかと、頭を殴られたような衝撃が走る。

「あ、美味しいですの」

「お茶も良い茶葉を使っているようですね。レンカもどうぞ」

「ありがとうございます、姫様」

「………」

三人の美少女が黄色い声を上げながら紅茶と菓子に舌鼓を打ち、カイムは無言でチョコレートを口に運んでいる。

しばし、和やかな空気が応接間に広がった。戦闘したばかりで疲れていたこともあって、紅茶と甘味が身体に染み渡るようである。

　一時の休息が小一時間ほど経過した頃、応接間の扉がノックされた。

「ごめんなさいね、入るわよ？」

　扉を開けて入ってきたのは、スーツに身を包んだ妙齢の女性である。

「お待たせしてしまって悪かったわね。私がこのギルドの責任者をしているシャロン・イルダーナよ」

「ムグッ……アンタがギルドマスターか」

　カイムがチョコを頬張りながら、現れた女性に視線をやる。

「ムグムグ……随分と待たせてくれたな……んぐ、そっちの冒険者が色々と因縁をかけてくれたんだが、そのことについて……」

「うん、とりあえずチョコをしっかりと飲み込みなさい。別に急がせていないから」

「グッ……すまん」

　カイムはモシャモシャと口の中のチョコレートを噛み潰し、紅茶で喉の奥へと流し込んだ。

　神妙な顔をしなければならないのに、やはりチョコレートも紅茶も絶品である。思わず表情が緩んでしまう。

「待っている時間を満喫してくれたようで何よりだわ。そのお菓子は南から輸入したもので高かったのよ」

ギルドマスター……シャロンと名乗った女性が頬に手を当てて嫣然と笑う。

シャロンは二十代後半ほどの年齢の美女である。スラリと通った鼻筋。口紅を塗った柔らかそうな唇。スタイルも良くて、いかにも『大人の女性』といった雰囲気だ。

「話には聞いていたけど、随分と若いのね？　もっと年配で経験豊富な方々かと思ったわ」

シャロンがカイムの対面のソファに腰かけ、悠然とした仕草で脚を組んだ。

その全身からは大人の余裕が滲みだしており、年齢の近いティーやレンカとはタイプの異なる色気を身に纏っている。

「それに……随分な上客もいるようね。まさか、このギルドに皇族を迎え入れることになるとは思わなかったわ」

「……私のことをご存知だったのですね。ミス・イルダーナ」

「シャロンで構いませんわ。ミリーシア皇女殿下」

どうやら、ミリーシアのことを知っていたらしい。シャロンがスーツの胸元に手を当てて、優雅に頭を下げる。

「皇女殿下が帝都の神殿で奉仕活動をされている姿を見たことがあります。帝都から姿を

消したので、てっきり他国に亡命したものとばかり思っていましたが……どうして、このような辺境にいらしたのですか？」

「……一時は他国に逃れていましたが、己の成すべきことを果たすために戻ってきました。今日はシャロンさんにお願いがあります。帝都で起こっている政変について、知っていることを教えていただけませんか？」

ミリーシアが真摯な声音でシャロンに頼み込む。

「二人の兄の対立が深まっていると風の噂で聞きました。青狼騎士団の団長を兄に持つシャロンさんであれば、何か知っているのではないですか？」

「なるほど……それでギルドにお越しになったのですね。わざわざこの町まで迂回して来たのは、貴女を利用しようとする一派の目を逃れるためですか？」

「…………」

ミリーシアが無言で首肯する。

シャロンは唇を指先でなぞり、考えるような仕草を取った。

「実のところ……私も多くは知りません。兄からはしばらく中央から距離を取るように言われたきり、連絡がつかないのです」

「連絡がつかない？　それはいったい……？」

「冒険者を送って情報を探ってもいるのですが……残念ながら、この町から帝都に繋がる街道が封鎖されており、通れなくなっているのです」

「街道が封鎖……⁉」

ミリーシアが驚きの声を上げて、ソファから立ち上がった。

「まさか……もう道を塞がなければならないほど争いが過熱しているのですか⁉　もしかして、武力抗争も……！」

「いいえ、街道が塞がれているのは他の理由からです。この先の山道で大規模な土砂崩れが起こったらしくて、安全が確認されるまで封鎖するとのことです」

「そんな……それじゃあ、帝都に行くことができないのですか？」

「はい、復旧まではかなり時間がかかるとのことですわ。おかげで情報はもちろん、物資も制限されているのです」

「……困りました。それでは、どうやって帝都に向かえば良いのでしょう」

ミリーシアがカップをテーブルにおいて、物憂げに表情を暗くさせる。

カイム達が真っすぐ帝都に向かうことなく北回りの道を選んだのは、ミリーシアの身柄を狙う輩の目を誤魔化すことが目的である。フォーレの領主がミリーシアを拉致したようなトラブルを避けるため、わざと遠回りをすることにした。

だが……ここにきて、その慎重な判断が裏目に出てしまったようだ。

「おいおい……参るな。ここまで来て無駄足ってことか？」

「困りましたの。戻って別の道から行くですの？」

眉間にシワを寄せるカイムに、おかわりの紅茶を注いでいるティー。

ミリーシアは顔を伏せて考え込んでいたが……やがて首を振った。

「……無理です。フォーレの領主が私達を捕らえるべく追手を放っているかもしれません。ここで戻れば、彼らの思うつぼです」

「私もミリーシア殿下に同意しますわ。帝都から見て西に領地を持つ貴族は、第一皇子殿下を支持する者が多いですから。第二皇子殿下に近い立場のミリーシア殿下に対して、良からぬ感情を抱いている者もいるでしょう。フォーレまで戻り、そこから東に向かうのはあまりにも危険ですわ」

シャロンがミリーシアの考えに賛同を示す。

進むこともできず、退くこともできない……進退窮まるとはこのことだろう。

「私としましては……土砂崩れが片付いて安全が確認できるまで、この町に留まることをお勧めいたします。その頃には王都に送った冒険者から連絡があって情報も入っているでしょうし、帝都の現状も把握できるはずですわ」

「仕方がありませんね……そうさせて頂きましょう」

ミリーシアが肩を落として、シャロンの提案を受け入れた。

本当はすぐにでも帝都に行って、対立する二人の兄の間に割って入りたいのだろう。

しかし、焦ったからといって必ずしも状況が好転するわけでないことは、ミリーシアも良くわかっていた。

今はこの町に留まり、シャロンが送り込んだ冒険者が情報を持ち帰るのを待つのがベストの行動である。

「……私の判断ミスです。申し訳ありません」

「そんなことはありません、姫様！　北回りの道を提案したのは私です。これは不出来な私の責任です！」

「レンカは悪くありません。臣下の進言を聞いたうえで、私が決断したのですから」

「姫様……！」

ミリーシアとレンカがお互いを擁護する。

「別にどっちのせいでもないだろ。ただの自然災害だ。予測なんてできるかよ」

カイムが肩をすくめて、皿からチョコレートをつまんで口に放る。

「早く帝都に行きたいミリーシアには悪いが……俺としては、町に逗留して温泉を堪能できるから万々歳だよ。昨晩はあまりゆっくりできなかったからな……次こそは、絶対に一人でまったりしてやるよ」

昨晩の行為はとんでもなく気持ちが良かったが、もう少し普通に温泉を楽しみたいというのがカイムの本音である。

「ただ……四六時中、風呂に入っているわけにもいかないからな。空いた時間をどう過ごしたものか暇つぶしに困りそうだ」

「あら？　そういうことだったら、冒険者として仕事をしてみたらどうかしら？」

シャロンが両手を合わせて、名案だとばかりに切り出した。

「どうせ時間はあるのでしょう。このギルドで冒険者登録をして、依頼を受けたら良いんじゃないかしら？　良い時間潰しにもなるし、お金も手に入って一石二鳥になるわよ」

「冒険者か……悪くないな」

カイムが「フム」と頷いた。

権力に縛られることのない自由な無法者。自分の腕っぷしを頼りに未開の地を旅して、魔物を倒し、財宝を見つけ出す勇敢なる戦士。

『呪い』のせいで歩き回ることにも難渋するカイムにとって、冒険者というのは理想の生き方の一つだった。

（本で読み、憧れた冒険者になるのも一興か……）

すでにカイムは旅をしており、自分の意思でどこにだって行くことができる。

あえて冒険者という肩書は必要ないが……大恩ある母親サーシャ・ハルスベルクと同じ職業に就くのは悪い気がしない。

（大嫌いな親父とも同じ職業だが……それはどうでもいいか。捨てた息子に手を噛まれた負け犬のことなんて知ったことかよ）

「そういえば……ギルド証は身分証明にもなるんだよな？　俺は身分証とかも持ってないし、登録だけでもしておいて損はないかもしれない」

「ティーも賛成ですわ。カイム様ならばすぐにSランクにだってなれるでしょうし、主人が立身出世するのはティーも誇らしいですの」

ティーが華やいだ声を上げる。どんな形であれ、カイムが実力を示して世間から認められることが嬉しいのだろう。

「二人はどう思う？」

「私も構わないと思います」

「姫様が良いのであれば、私に否はない」

ミリーシアとレンカも同意する。

反対意見は出てこないようだ。カイムはシャロンに向き直った。

「そういうわけだ。登録を頼む」

「良かったわ、すぐに手続きをさせるわね」

「『良かった』……?」

「あら、ついつい口に出ちゃったわ」

シャロンが口を手で押さえ、視線を逸らす。

「……何か隠しているのか。正直に話さないのなら登録の話は無しにするが?」

「目敏い子ねえ……別に隠していたわけではないわ。ただ、『黒の獅子』に任せようと思った仕事があったんだけど、彼らが再起不能に近い状態になってしまったでしょう? 代わりに依頼を受けてくれる優秀な冒険者はいないかと思っていただけよ」

「俺達に依頼を任せようってわけか。登録したばかりなのにAランク冒険者がするような依頼を受けられるのか?」

「問題ないわよ。相応の実力を示したのであれば、ギルドマスターの裁量により飛び級でランクアップさせられるから。『黒の獅子』を倒したのだから、最低でも一つ下のBランクまでは昇格させられるわ」

「……もしかして、最初からそのつもりだったのか? 街道封鎖の話は俺達を町に留まらせるための嘘じゃないよな？」

「まさか！　違うわよ！」

半眼で睨みつけると、シャロンが慌てて胸の前で両手を振る。

「いくら困っていたとはいえ、皇女殿下やその同行者を騙したりなんてしないわ！　調べたらすぐにわかることだし、すぐにバレる嘘をつくわけがないじゃない！」

「……まあ、そうだな。信じてやるか」

カイムは疑わしげな目をやめて、紅茶を啜る。

「冒険者登録をするとして……その仕事の内容とやらを聞いても構わないか？」

「もちろん。資料を取って来させるから、少しだけ待って居て頂戴」

シャロンがテーブルに置かれていたハンドベルを鳴らして、受付嬢を呼びよせた。

シャロンから詳しい説明を受けてから、カイム達は冒険者ギルドを後にする。

一行は帝都の情報を得るという当初の目的こそ果たすことができなかったが、冒険者という新たな身分を手にして昨晩と同じ宿に帰っていった。

その後、今度こそ一人でゆっくり温泉を堪能しようとするカイムであったが、三人の牝獣による襲撃を受けてしまうことになる。

またしても旅館から清掃代として高額請求をされて、「次にやったら出禁にする」と女将から釘を刺されてしまうのであった。

○　○　○

一方、カイム達が去ったギルドの応接間では、この部屋の主であるところのシャロン・イルダーナがソファの上で脱力していた。

グデッと溶けたようにソファに寝そべるシャロンはいつになくスーツを乱しており、胸やら太腿やらが大胆に露出してしまっている。

いつも毅然としたギルドマスターがここまで乱れる姿を受付嬢や冒険者が目にしたら、目を丸くして驚くことだろう。

「フハア……終わったあ……」

「何なのよ、あの化物は……久しぶりの超弩級じゃないの……」

シャロンが額を掌でぬぐうとビッショリと濡れていた。今さらのように恐怖がぶり返して汗が噴き出てきてしまったようだ。

余裕の態度でカイム達の応対をしていたシャロンであったが、実際には見た目ほど心中穏やかだったわけではない。顔が引きつりそうになるのを必死に堪えて、どうにか紙一重のところで踏みとどまっていただけである。

シャロンには人を見抜く『眼』があった。顔を合わせただけで相手が信用できるかどうか、嘘をついているかどうか、実力や才能があって冒険者として大成することができるかどうかまでも見抜くことができた。

二十六歳という若さで地方の支部とはいえギルドマスターに就任できたのも、その『眼』があったからこそである。

そんなシャロンの目から見て、先ほど出会った青年……カイムという男はとんでもない怪物に見えていた。

現在の実力はAランクを優に超えており、潜在能力は計り知れず。

雷名か悪名かは知らないが……いずれ確実に何らかの形で歴史に名前を刻み込むことが、はっきりと予見することができてしまった。

（……ミリーシア皇女が見初めるだけのことはあるわね。いったい、どこであんな人喰い竜みたいな男の子を見つけてきたのだか）

ミリーシアとカイムの仲は他人であるシャロンの目から見ても、親しげに見えた。

自然と肩を寄せてソファに座る距離感から、シャロンは彼らがすでに肉体関係を持っているのだと予想する。

　帝国皇女の操を奪うだなんてとんでもない悪漢だと腹を立てたい気分だが……あの男であれば、それも納得である。

（あれは皇族だからどうのという不文律に縛られるタイプの人間じゃないわね。法も掟も平然と踏みにじり、自分のルールを他人に押しつけるワガママな生き方をするタイプの男よ）

　仮にミリーシアの初花を散らしたことを責められたとしても、咎める人間を残らず叩きのめして見せるだろう。それだけの意志と力を感じさせられた。

（……『黒の獅子』が再起不能になって依頼をどうしようかと思ったけれど、彼らが引き受けてくれて助かったわ）

　シャロンはソファに寝転がりながら手を伸ばして、テーブルに置いたままになっていた資料を手に取った。そこにはカイム達に押しつけた……もとい任せた依頼の詳細が書かれている。

　依頼の内容は、とある村の調査である。

　その村はジャッロの町から少し離れた場所にある山奥の寒村だった。名前も知られていない……ひょっとすると、暮らしている村人さえも自分達の村の名前を知らないのではないかというほどの田舎である。

最近、その村からの音沙汰が消えていた。いつも決まった時期に村の特産品を売りにこの町まで訪れるというのに……今年はいっこうに現れようとしない。

そのため、シャロンは調査のために冒険者を送ったのだが……村を見に行った冒険者パーティーもまた、消息を絶ってしまった。

調査を任せた冒険者はそれなりに実績のあるCランクパーティーで、遠からずBランクに昇格するだろうと評価を受けていた者達である。

そんな彼らが一人も戻ってこなかった。これは尋常の事態ではない。事態を重く見たシャロンはこのギルドの最高戦力である『黒の獅子』を村に投入しようとしていた。

（魔物に滅ぼされたか、盗賊に占拠されたか……それとも、他に何か予想もできないようなトラブルに見舞われたのかしら？）

「いいわ……彼らだったら、どうにかするでしょう」

物憂げにつぶやいて、シャロンは手にした資料を放り捨てる。バラバラになった資料が床に散らばるが……片付けるのは後で良い。今は何もかも億劫だった。

（それよりも……あの子とどうにかして渡りをつける方法を探しておかなくちゃいけないわね）

カイム達は道が開通したらすぐに出ていってしまうだろうが、あれほどの強者とつながりを持っておくのは悪くない。

竜の巣に足を踏み入れるような危険なことかもしれないが、その価値があるとシャロンの『眼』が訴えている。

「……色仕掛けでもしてみようかしら。久しぶりに」

あれだけの美姫を侍らせているのだ。きっと、かなりの女好きに違いない。

シャロンは自分の胸の大きさと尻のラインには絶対的な自信を持っていた。これらの武器を全開で行使すれば、今後もカイムと良好な関係を持ち続けることができるかもしれない。

「ミリーシア殿下には悪いけど……ちょっとだけ、本気を出しちゃおうかしら？」

冗談とも本気ともつかない表情でつぶやき、シャロンは自分の胸を両手で掴んで、感触を確認するのであった。

番外編 修道女ミリーシアの災難

帝国でのいくつかの騒動によって明らかになったが……ミリーシアは帝国皇帝の血を引いた皇女である。

やんごとなき血筋として生を受けたミリーシアであったが、実のところ、彼女は生まれてからずっと皇女として王城にいたわけではない。

十二歳の頃に神殿に預けられ、神に仕えるシスターとして過ごしていた時期があった。

「ミリーシア皇女、これより洗礼の儀式を始めますが、問題ありませんね？」

帝都にある神殿にて。床に膝をついて頭を下げるミリーシアに、一人の修道女が優しく声をかける。

彼女の名前はマザー・アリエッサ。この神殿における責任者であり、帝国においてもっとも格式の高い神官の一人だった。

「はい、もちろんです。マザー・アリエッサ」

アリエッサの問いに、ミリーシアは顔を上げることなく答えた。

本来の地位を考えると、皇女であるミリーシアが跪いて頭を下げている状況は有り得ないものである。

しかし、ここは神殿。神の家だ。神の前ではミリーシアも一人の少女でしかなく、こうして最大限の敬意を示す必要があった。

「良いでしょう……まさか、友人の娘である貴女をこうして神殿に迎えることになるとは思いませんでした。母親に似てきましたね……貴女を見ていると、彼女を思い出します」

アリエッサが神官としてではなく、ミリーシアの身を案じる一人の女性の顔で微笑んだ。

ガーネット帝国を統べる皇帝には何人かの妃がいるが、ミリーシアの母親はその中でも特に身分が低く、子爵家の出身だった。

かつてはアリエッサと一緒に神殿に勤め、シスターとして働いていたのだが……とある神事の際に皇帝によって見初められ、還俗して皇帝に嫁ぐことになったのだ。

ミリーシアの母親はすでに亡くなっているのだが……彼女が妃になって幸福な生涯を送れたとは、アリエッサは思っていない。

たかが子爵家の令嬢が皇帝の寵愛を得ていることに嫉妬する者は多く、たびたび嫌がらせを受けていたという噂が耳に入っていた。

「少なくとも……この神殿にいるうちは、貴女に危険が及ぶことはないでしょう。母親に代わり、私が貴女を守りましょう」

「……お心遣い、感謝いたします。マザー・アリエッサ」

アリエッサの言葉に、ミリーシアが顔を上げることなく肩を震わせた。

大きな後ろ盾を持たないミリーシアの皇女としての生活はかなり辛いものである。

一部を除いた使用人は明らかにミリーシアのことを見下しており、軽んじた対応をとっていた。

あからさまに嫌がらせをされることはなかったが、二人の兄との差は歴然。王城において、ミリーシアの味方であると断言できるものは両手の指の数ほどもいなかった。

アリエッサはミリーシアを痛ましげな目で見つつ、神官として儀式を進める。

「それでは……これより貴女を神に仕えるシスターとして迎えるため、洗礼の儀を執り行います」

「…………」

「洗礼を受ける際、時折、奇妙な幻を見る者がいます。しかし、それは神から与えられた教訓と暗示。託宣と呼んでも良いでしょう。恐れることなく受け入れなさい」

「……はい。よろしくお願いいたします」

洗礼を受けた神官や修道女が奇妙な幻影を目にすることがある。それはミリーシアも事前に知らされていた。

幻影の内容は未来に起こる出来事であったり、過去の罪を突きつけられる形であったり、人によって様々である。

ミリーシアの母親もまた、『神殿で祈りを捧げていたところにドラゴンが現れ、連れさられる』という幻を目にしていた。

「それでは……祈りなさい。世界を巡りし聖霊の御名において、貴女に神の加護があらんことを……」

「…………」

アリエッサが清めた水を月桂樹の枝葉で掬って、祈りを捧げるミリーシアの頭部にかけていく。

これが聖霊教における洗礼の儀式であり、神に仕える信徒になるための通過儀礼である。

「…………！」

冷たい水が頭部から首に流れ落ちる感触……それが突如として消えて、瞼で閉ざされていたはずの視界を白い光が満たした。

○　○　○

『ここは、いったい……？』

気がつけば、ミリーシアは道の真ん中に立っていた。

白い石で舗装された道が前後に延びており、左右には平原が広がっている。

『私は神殿にいたはずです。それなのに、どうして……？』

ミリーシアが身体を見下ろすと、先ほどまでと変わりのない白い衣を身に纏っていた。

身体の凹凸が出やすい服装であったが、十三歳のミリーシアは第二次性徴を終えておらず、身体つきも貧相である。

白く無垢な衣はミリーシアがいまだ洗礼を終えていない、何者でもない存在であることを示していた。

『これはもしかして、神託の夢なのでしょうか……』

ミリーシアが困惑しつつ、舗装された道の前方に目を向ける。道は長く延びており、先を見通すことはできなかった。

後ろにも道が延びているのだろうが……不思議と、振り返る気にはなれない。まるで何か恐ろしい物がいるような、そんな予感があったのだ。

『行きましょう……私は進まなければいけない』

正体不明の衝動に突き動かされて、ミリーシアは道を進むことにした。一歩目は躊躇いながら、二歩目、三歩目と少しだけ速度を上げていく。

どれほど道を進んだことだろう。時間の感覚がなく、一分かも一時間かもわからない。

しかし……やがて変化は唐突に現れた。何もない道を突き進んでいくミリーシアの周囲に、突如として黒い影が現れたのだ。

『きゃっ！』

ミリーシアは思わず悲鳴を上げた。

人型をした影は言葉を発することはなく、目も鼻もない。それなのに……不思議と彼らが自分を見ており、嘲笑っていることが理解できる。

『…………！』

その感情をミリーシアは知っていた。

愚弄、欲望、侮蔑、嘲弄……悪意。

そこにいる影はミリーシアを見下げ果てていた。食い物として踏みにじることしか考えていない……そのことをはっきりと理解してしまい、ミリーシアは己の身体を抱きしめるようにして怯えた。

『嫌……！　やめて、来ないでくださいっ！』

必死に叫ぶミリーシアであったが、影はそんな怯える姿を愉しむようにして腕を伸ばしてきた。

あと少しで、その指先がミリーシアの身体に届く……もうダメだ、そう考えた瞬間、またしても強烈な変化がミリーシアを襲う。

『えっ……!?』

紫色の影が、ミリーシアを庇うようにして立ちふさがる。紫の影がその触腕を振るうと、たちまち黒い影が千々に切り裂かれて消滅する。

『私を、守ってくれたのですか？　貴方はいったい……？』

紫の影もまた得体のしれない存在であったが、不思議と恐怖は感じない。その影からは黒いものと異なり、悪意のようなものは読み取れなかった。

ミリーシアは導かれるようにして、紫の影めがけて手を伸ばす。

『ひゃんっ！』

だが……爪の先が紫の影に触れた途端、その造形が崩れる。

明確な形状を無くした影が、まるでスライムのような不定形となってミリーシアの身体に絡みついてきたのだ。

『はっ……あ……きゃんっ！　な、何ですかこれは⁉』

全身を紫色のスライムに絡めとられ、ミリーシアが困惑の悲鳴を上げた。

スライムはミリーシアの腕に、脚に、胴体に巻きついており、まるで全身に存在を刻みつけるかのように白い肌を舐めてきた。

小さな身体に纏っていた純白の衣が剥がされる。同時に、ミリーシアの身体がムクムクと成長していった。

『え……どうしてっ⁉』

手足が長くなり、髪が伸び、胸がたわわに膨らんでいく。まるで自分の肉体が二十歳前後にまで一気に成長したかのようである。

そして、スライムが勢いを増していき、成長したミリーシアの身体を愛撫する。

豊かな胸を揉みしだき、尻を撫で、腰を抱く。耳の裏側から首筋までをやんわりと撫でていき、長く美しい金髪にまで粘液を塗りつけていく。

『あっ、はっ、ん……あはあっ！』

ミリーシアはとうとう立っていられなくなり、道に倒れこんでしまった。

尻もちをついたミリーシアの両脚を紫色の触手が強引に開き、誰にも見せたことのない聖域をさらけ出させる。

『ああっ……いやあ、やめて、やめて、やめてくださいっ……！』

ミリーシアが懇願するが、スライムの動きは強くなるばかりである。

胸に巻きついた触手が乳肉を根元から搾って、先端の突起をクニクニと弄る。

股間に這っている触手が、自分の指でさえ触れることのなかった聖域を上下に擦り、そこが性感帯なのだと淫靡な官能を教え込んできた。

『ふあ、ああんっ……や、やめっ……！』

やめて……そう口にしようとして、はたと気がつく。

本当に自分はやめて欲しいのだろうか。本当は……続けてもらいたいと思っているのではないか？

（嘘……違う、こんなの違います……！）

『ふあ、はあんっ……』

理性が否定しようとするが、口からは自然と甘い旋律が漏れ出てしまう。

紫色のスライムに全身を舐め回されている状況を、ミリーシアは明らかに悦んでいた。

（何……私の身体、どうなっているんですか……？）

触手に全身を愛撫されながら、ミリーシアは身体をくねらせる。

やがて触手は絶対不可侵である『その場所』に狙いを定め、グイグイと中に入り込んでいった。

『ひあっ……んはあああああああああああアアアアアアアッ！』

身体を貫かれるような痛みは一瞬。すぐに快楽が脳内を一色に染め上げて、堪えきれない嬌声がミリーシアの喉から放たれた。

ミリーシアは両手で紫色のスライムを抱きしめ、歓喜と共にそれを受け入れる。

「ミリーシア……シスター・ミリーシア！　しっかりしなさい！」

「え……？」

気がつけば、先ほどまでと同じ神殿の中にいた。

目の前には心配そうな顔をしたアリエッサの顔がある。成長していた肉体は元通りの年齢になっており、全身に巻きついていた触手はどこにもない。

「え、ここは……私は……え？」

「落ち着きなさい、シスター・ミリーシア……【マインド・エッセンス】」

アリエッサが発動させた魔法がミリーシアを包み込む。柔らかな緑の光が肌にしみ込んでいき、混乱していた心が落ち着きを取り戻す。

「……失礼いたしました。マザー・アリエッサ。私はどうなっていたのでしょう？」

「洗礼の儀式の最中に急に瞳が虚ろになって、呼びかけても反応しなくなったのです……何か視えたのですか？」

「いえ……覚えていません」

ミリーシアは正直に答えた。

誤魔化しているわけではない。本当に……記憶が曖昧模糊としており、言葉で説明できなかったのである。

「起きていた直後はまだ記憶があったような気もしますが、思い出そうとすればするほど、記憶がおぼろげになってしまうのです……まるで、夢の中での出来事のように」

「なるほど……そういうことですか」

アリエッサが納得したように首肯する。

「記憶に鍵がかかってしまったということは、今は思い出す必要がないということです。洗礼によって聖霊から下賜される贈り物……それがどんな内容のものであれ、貴女にとってためになるはずですから」

「はい……」

「それで……その夢は良いものだったと思いますか？　それとも、恐ろしいものでしたか？」

「………」

アリエッサの問いかけに、ミリーシアはしばし考えこむ。

白昼夢のような出来事の内容はほとんど思い出せないが、それでも感覚的に悪いものだったかどうかくらいはわかる。

「いえ……良い夢だったと思います。とても素晴らしい出来事を体験したような、そんな気がします」

ミリーシアは胸に手を当てて、素直な感想を口にした。

掌に伝わってくる鼓動はいまだに高鳴っており、落ち着く様子もない。身体はポカポカと温かくて、蕩けるような甘さが身体の芯に残っていた。

まるでお酒の入ったチョコレートでも食べたような感覚だ。身体が火照って落ち着かないものの、悪い気分ではない。

それは官能の目覚めのような反応なのだが……当時十三歳のミリーシアは、自身の内側に芽生えた感情に気がついていなかった。

「そうですか……貴女の未来が明るいようで安心しました」

ミリーシアが女に目覚めつつあることなど露知らず、アリエッサが穏やかな笑みで祝福をする。

皇女として生まれたミリーシアの行き先を案じていただけに、アリエッサは洗礼の結果が良かったことに胸を撫で下ろす。

「これで洗礼の儀式は終わりです。今日から貴女(あなた)は神に仕えるシスターになりました。敬虔(けいけん)に、勤勉に励(はげ)みなさい。シスター・ミリーシア」

「はい、よろしくお願いいたします」

ミリーシアは頭を下げて、アリエッサからの祝福を受けとった。

修道女となったミリーシアであったが、その心の内には確かに官能の種が蒔(ま)かれていた。

そのことには、本人も含(ふく)めて誰も気がついていない。

与えられた予知の通り、ミリーシアは数年後にかけがえのない出会いをすることになる。

娘のように身を案じているミリーシアがどんな経験をすることになるか……その詳細を知ったのであれば、さすがのアリエッサも目を回して卒倒(そっとう)するに違いなかった。

番外編　妹アーネットの災難

「さあ、行くわよ！　遅れずについてきなさい！」

「ふえええ……お嬢様、勘弁してくださいいいいいいいいっ！」

拳を突き上げ、猛然と進んでいく少女の後ろを涙目になった少年がついていく。

その少女は赤い髪をポニーテールにまとめ、動きやすそうな服を着ていた。

年齢は十三歳ほどだったが、年に似合わずその歩き方には重心のブレがなく、見るものが見れば彼女が何らかの武術を齧っていることがわかるだろう。

少女の名前はアーネット・ハルスベルク。

ジェイド王国北方に領地を持つハルスベルク伯爵家の嫡女にして、『拳聖』であるケヴィン・ハルスベルクから薫陶を受けた後継者である。

父親の寵愛を一身に受けているアーネットであったが、何故かハルスブルク伯爵領の外にいて、肩で風を切りながら街道を歩いていた。

「お嬢様……もうやめましょうよ。旦那様も心配していますし、屋敷に帰りましょうよ……」

ズンズンと前を進んでいるアーネットに言い募るのは、彼女よりも二つか三つ年上の少年である。

彼の名前はルーズトン。平民のため姓はない。

ルーズトンはハルスベルク伯爵家に仕えている執事見習いなのだが、とある事情によってアーネットと一緒に旅をすることになってしまった。

「ダメよ、お父様をあんな風にした仇をとるまでは屋敷に戻らないわ！　絶対にあの男をやっつけるんだから！」

「ふええ、そんなあ」

「帰りたいのなら、貴方一人で帰りなさい！　私は別についてこいなんて言ってないんだからね！」

「うう……付いてくるんじゃなかった。見て見ぬふりをしておけば良かったあ……」

脚を止める様子の無いアーネットに、ルーズトンは自分の浅慮を心から呪う。

今より遡ること十日ほど前、アーネットの父にしてルーズトンの主人であるケヴィン・ハルスベルクが何者かと戦い、大怪我を負うという事件があった。

幸いにして命は奪われなかったものの……医師の話では、ケヴィンの身体には武闘家として致命的な後遺症が残ってしまうとのこと。

　ジェイド王国最強の戦士である『拳聖』は死んだも同然となってしまった。

『拳聖』の凋落に誰よりも悲しみ、腹を立てたのはやはり娘であるアーネットである。

　アーネットは父親を再起不能にした仇をとるため、生家であるハルスベルク伯爵家を出奔して旅に出たのである。

「うう……どうして、こんなことに……おうち帰りたい……」

　どうしてルーズトンが泣きながら復讐の旅に同行しているかというと、アーネットが屋敷を抜け出す現場に偶々出くわしてしまったからである。

　仕えているお嬢様が家出をしようとしているのを見て、当然ながらルーズトンはそれを止めようとした。

　しかし、年下の少女とはいえアーネットは『拳聖』の後継者である。腕っぷしでその進撃を制止することはできない。

　仕方がなしに言葉を使い、どうにか説得を試みたのだが……そうしているうちに一日が経ち、二日が経ち、気がつけばハルスベルク伯爵領の外に出てしまっていた。

（僕だけじゃアーネットお嬢様を止めることはできない。応援を呼ぶべきだ）

　遅ればせながら気がついたルーズトンであったが……そこでようやく、気がついてしまう。

応援を呼ぶにはハルスベルク伯爵家から離れすぎていることに。そして……自分一人だけ伯爵家に戻り、アーネット一人を旅立たせてしまったら、それはそれで確実に処罰を受けることになってしまうことに。

最悪の場合、ルーズトンがアーネットをそそのかして、誘拐したのではないかという疑いまでかけられかねない。

(僕一人で帰るのはダメだ……どうにかお嬢様を説得して屋敷に帰ってもらって、僕が無実であることを証言してもらわないと……)

そう思って今日も説得をするルーズトンであったが、その試みが実ることはなかった。日に日にハルスベルク伯爵領が遠ざかっていき、もはや自分一人で帰ることもままならない距離まで離れている。

「お嬢様、やっぱり無理ですよう……旦那様を怪我させた相手を見つけ出すなんて不可能ですう……」

「どうして、そんなことがわかるのよ！　やってみなくちゃわからないでしょう⁉」

「わかりますよう……だって、その男が何者なのか、名前すらわかっていないんでしょう？」

ケヴィンを倒したのは正体不明の紫髪の男である。

その男が誰なのか、何の目的でケヴィンを狙ったのかもわからない現状では、捜しようがなかった。

「…………」

アーネットがピタリと足を止める。

ようやく説得が通じたのかとルーズトンが表情を明るくさせるが、すぐにアーネットが歩みを再開させた。

「ちょ……お嬢様⁉」

「……知ってるわ」

「へ?」

「知ってるわよ、アイツの名前くらい……あの男はカイム・ハルスベルク。私の双子の兄よ!」

アーネットは振り返ることなく、声に苦悶を乗せてそう言った。

「えっと……カイム・ハルスベルクって、あのカイム様ですよね? ありえないんじゃないですか?」

ルーズトンが「うん、ありえない」ともう一度口にする。

カイム・ハルスベルクはアーネットの双子の兄だったが、生まれながらに紫の斑紋を全身に浮かべた『呪い子』だった。

虚弱体質で満足に運動もできず、いつ死んでもおかしくはないと他の使用人から聞いたことがある。

「カイム様に旦那様が倒せるわけがない。それに……旦那様をやったのは十代後半ほどの年齢の紫髪の青年だったって話ですよ？　カイム様とは特徴が少しも一致しないじゃないですか！」

「……わかるの」

「お嬢様……？」

アーネットは振り返ることこそなかったものの、肩が小刻みに震えていた。まるで涙を堪えているかのように。

「わかるのよ、私には。あの男が双子の兄だってことが。姿形が変わっていても、わかっちゃうのよ」

ルーズトンには理解できないだろうが……アーネットは理屈を超えた本能で、父を倒した紫髪の男性が兄のカイムであることを感じ取っていた。

それは双子の兄妹であるからこそ為せることなのだろう。皮肉なことに、完全に決別したあの瞬間にアーネットは人生でもっともカイムとの血の絆を感じ取っていたのである。

「許せない……お母様を病気にして殺しただけじゃなくて、お父様まで……！　それに、私にあんな屈辱を……！」

「屈辱って……お嬢様も何かされたんですか⁉」

「ッ……！」

アーネットが初めて振り返り、真っ赤な顔でルーズトンを睨みつける。

「……それ以上追及したら、顔をぶつわよ」

「す、すいませんでしたあっ！」

ルーズトンが一も二もなく謝罪する。荷物を両手に抱えていなければ、地面に土下座していたかもしれない。

年上のくせに情けないことだが……使用人とお嬢様という立場を抜きにしても、ルーズトンとアーネットの間には大きな力関係があるのだから仕方がない。

アーネットはどれだけ幼くて未熟であったとしても、闘鬼神流の使い手。人の姿をした凶器なのだから。

「うう……でも、アーネット様。外は怖いところなんですよ？　盗賊に襲われるかもしれませんし、何よりも魔物が出るんですよ？」

「街道にいれば魔物は出ないから大丈夫だって言ってるじゃない！　これまでだって魔物

と遭遇したことなんてないでしょう？　仮に出てきたとしても、私が倒してあげるから心配いらないわ！」

「でも……」

「しつこい！　私は『拳聖』の娘よ！　たとえ魔物が出てきたって、この拳があれば……」

「ガアアアアアアアアアアアアアアアッ！」

「「ひゃあっ⁉」」

街道のすぐ傍にある林から絶叫が放たれた。思わず抱き合ってしまうアーネットとルーズトンであったが、直後、彼らの表情が恐怖に染まった。

林の中から頭部に一角を生やした巨大な熊が飛び出してきたのである。

「ま、まままままま、魔物出るじゃないですかあああああああああっ⁉」

「し、知らないわよ！　どうしてこんなところに魔物がいるのよおっ！」

基本的に魔物は森や山野に暮らしていて人里や街道に出てくることは少ない。しかし、『少ない』というのは『皆無』ということではないのだ。

十分な餌が獲れない、住処を他の魔物に奪われた、あるいは天候や自然災害などの影響によって人里近くに現れることはある。それ故に冒険者といった魔物狩りを生業としている職種の人間がいるのだから。

アーネットが出くわしたのは、かつてハルスベルク伯爵領に生息していたが、カイムによる魔物の大量虐殺によって住処を追われてきた個体だった。

住処を追われて飢えていた熊の魔物は手頃な獲物の匂いを嗅ぎつけて、林から猛然と飛び出してきたのである。

「あ、ああああっ、アーネットお嬢様！　どうにかしてくださいよおおおおおおっ！」

「ッ……！」

「ガアアアアアアアアアアアアアアアアアアッ！」

四本足で走ってくる角熊を前にして、アーネットの身体が恐怖で凍りついていた。

（怖い……！）

闘鬼神流を習っていたアーネットであるが、あくまでも訓練だけで実戦経験はない。

迫りくる角熊からは隠しようのない明確な殺意が放たれており、もちろん、そんな殺気をぶつけられた経験もなかった。

「ガアアアアアアアアアアアアアアアッ！」

（怖い。だけど……）

記憶の中にあるあの男……成長したカイム・ハルスベルクはもっと怖かった。もっと強かった。けれど、カイムはアーネットに対して迫りくる角熊のように殺意を向けたりはしなかった。

(情けをかけられたんじゃない。私は舐められていた。殺す価値もないとあの男に思われていた……!)

アーネットの胸に恐怖とは別の感情が生じる。

それはずっと馬鹿にしていた双子の兄から見下されたことへの怒りと屈辱だった。

(許さない。あの男は私が絶対に倒す! そのためにも……こんなところで止まってなんかいられない!)

「う……うわあああああああああああああああっ!」

アーネットは叫びながら、角熊に向けて拳を突き出した。

すると……握りしめられた小さな拳から強烈な魔力の塊が打ち出されて、角熊の頭部に命中する。

「ガッ……!?」

頭部の角が砕け散り、熊の巨体がフラリと傾く。

角を失ってタダの熊と成り果てたその生き物は、前のめりになって勢いよく地面に倒れた。

「は……え? た、助かった?」

　ルーズトンがペタリとその場に腰を抜かす。アーネットは肩で息をしながら、突き出したままの拳を震わせる。

「か……勝った？」

　熊の巨体は動かない。角が破壊された頭部は大きく窪んでおり、内部の脳も破壊されていることだろう。

　闘鬼神流・基本の型――【麒麟】

　日ごろの訓練の賜物である。半ば無意識に放った技は間違いなく角熊の巨体から命を刈り取っていた。

「す、すごいじゃないですか！　アーネットお嬢様！」

　ようやく自分達が助かったことを実感したらしく、ルーズトンが主のことを褒め称える。

「てっきり気が強いだけのワガママなイキリお嬢様かと思ったら、本当に強かったんですね！　見直しましたよ！」

「そ、そうよ！　私は強いんだから…………イキリお嬢様？」

「あ……」

　思わず本音を口に出してしまい、ルーズトンが視線を逸らす。アーネットが眉を吊り上げて怒りに顔を赤く染めた。

「あ、アンタねえ！　私のことをそんなふうに思ってたの⁉」

「す、すみませんすみませんっ！　つい本音がっ！」

「本音だったらなお悪いじゃないのっ…………うっ⁉」

怒りに拳を振り上げるアーネットであったが、急に動きを止めて顔を歪める。

「アーネットお嬢様？　どうかされましたか？」

「………」

「もしかして、どこかお怪我でも……大変だ！　すぐに見せてください！」

「ち、近寄ったらダメなんだから！」

アーネットが慌ててルーズトンから距離を取った。

「わ、私はちょっとアレだから、近くの沢で水を汲んできなさい！　できるだけゆっくり行ってきなさいよね！」

「水って……いや、勘弁してくださいよ。魔物と遭遇したばっかりなのに単独行動をできるわけ……」

「いいから早く行け！　命令よっ！」

「そんなあ……」

アーネットに怒鳴られ、ルーズトンが渋々ながら水場を探すためにその場を離れる。

従者を追い払ったことを確認して……アーネットは内股になってショートパンツを両手で押さえる。

「あううう……やっちゃったよお……」

ルーズトンは気がつかなかったようだが、アーネットの身体からほのかにアンモニアの匂いが立ち昇っていた。

かつて『毒の王』として覚醒したカイムと相対した際、恐怖で粗相をしてしまったアーネットは、どうやらおもらしグセがついてしまったようである。

「か、替えのズボンとパンツを出さないと……うう、どうして私がこんな目に……」

半泣きになりながらアーネットは下半身を丸出しにして、街道の真ん中で着替えを始めた。

「これも全部全部アイツのせいなんだから！　絶対に見つけ出してやっつけてやるからね！」

空に向かって怒りの声を放ち、アーネットは改めて双子の兄への復讐を誓うのであった。

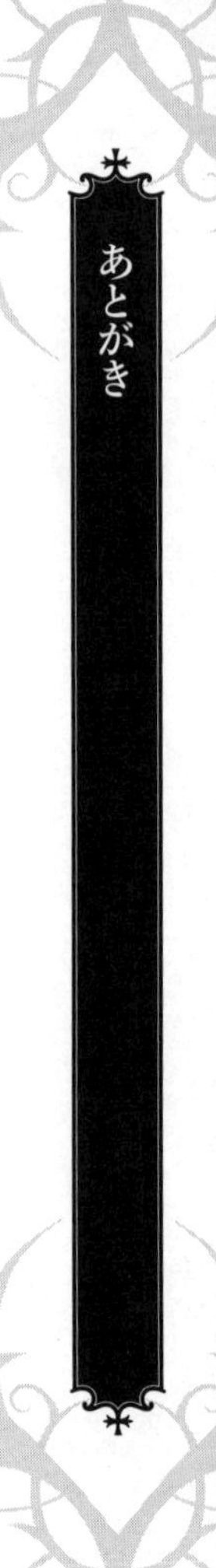

あとがき

皆様、お久しぶりです。

永遠の中二病作家をしておりますレオナールDです。

読者の皆様の応援により、本作も無事に書籍二巻を出すことができました。心より感謝を申し上げます。

また、イラストレーターのをん先生、制作に関わっていただいた全ての方々にも御礼申し上げます。

WEB小説としてスタートした本作ですが、こうして書籍の続巻を出すことができました。

WEB版よりもかなり過激になったヒロイン達にをん先生の華麗なイラストを付けてお届けすることができて、感無量な心境です。

さて、一巻はプロローグ的な意味合いが強く、ヒロインとの出会いから絆を深め（色々な意味で）、主人公が旅立つ姿を描かせていただきました。

二巻では物語も新しい展開を迎えまして、三人のヒロインと一緒に帝国にやってきた主人公。そこから始まる新たな冒険を書いています。

ヒロインとの関係もさらに深まっていき、イチャイチャも勢いを増すばかり。

新キャラも登場してきまして、何やら陰謀の香りも漂っています。

はたして、この旅の先に何が待ち受けているのでしょう。

もしも続きを出せるのであれば、次巻では三ヒロイン以外との「エッ！」なシーンもお届けできればと野望を燻らせております。

それでは、またお会いできる日が来ることを全ての神と仏と悪魔に祈って。

レオナールD

HJ文庫 https://firecross.jp/
1120

毒の王 2

最強の力に覚醒した俺は美姫たちを従え、発情ハーレムの主となる

2023年11月1日　初版発行

著者—— レオナールD

発行者—松下大介
発行所—株式会社ホビージャパン

〒151-0053
東京都渋谷区代々木2-15-8
電話　03(5304)7604（編集）
03(5304)9112（営業）

印刷所——大日本印刷株式会社

装丁——AFTERGLOW／株式会社エストール

Printed in Japan

ISBN978-4-7986-3336-7　C0193

ファンレター、作品のご感想お待ちしております

〒151-0053 東京都渋谷区代々木2-15-8
(株)ホビージャパン HJ文庫編集部 気付
レオナールD 先生／をん 先生

お酒と先輩彼女との甘々同居ラブコメは二十歳になってから 1

著者／こばやJ
イラスト／ものと

最高にえっちな先輩彼女に甘やかされる同棲生活！

二十歳を迎えたばかりの大学生・孝志の彼女は、大学で誰もが憧れる美女・紅葉先輩。突如始まった同居生活は、孝志を揶揄いたくて仕方がない先輩によるお酒を絡めた刺激的な誘惑だらけ!?　「大好き」を抑えられない二人がお酒の力でますますイチャラブな、エロティックで純愛なラブコメ！